ASTI, HÖR ZU!

ASTI, HÖR ZU!

Zwölf Kurzgeschichten für ihren Hund

Isolde Kona-Dovale

Übersetzt aus dem Englischen mit Erklärungen
von Ulrike Lorenz

VORONA PRESS

Abiquiu

Die Autorin möchte allen danken, die durch ihre Hilfe, ihre Anregungen und den ermutigenden Zuspruch dazu beigetragen haben, dass dieses Buch zustande gekommen ist. Mein besonderer Dank gilt Frau Dr. Eva Jablonka, die am Cohn Institute for the History and Philosophy of Sciences and Ideas an der Tel-Aviv University lehrt und mich beim wissenschaftlichen Teil der März-Geschichte bestätigt und unterstützt hat. Mein Dank gilt meinen Freunden Natasha Makarova-Thaman und Vassily Lyashenko, dass sie mir bei allen russischen Aspekten mit Rat und Tat zur Seite standen. Gertraud Thallinger und Hannelore Wagner danke ich für das sorgfältige Redigieren des Textes, ebenso meinen Freunden – J, Suzanne, Bob und Gertraud – allesamt Künstler und Tierliebhaber, die mich durch ihren Enthusiasmus unterstützt haben, was wesentlich zum Gelingen dieses Buches beigetragen hat.

Meinem Ehemann danke ich, dass er mir die Freiheit und den Raum gab, meinen Träumen zu folgen und mich ermutigte, meine Gedanken in diesem Buch niederzuschreiben.

In Erinnerung an Asti und Lami
Für Arnica

Umschlagbilder: ‹Arnica›.

Die in den Text eingefügten Holzschnitte wurden von Julie Wagner geschaffen.

Die Originalausgabe erschien 2011 unter dem Titel Tales for Asti – Twelve Stories to Read to Your Dog bei Vorona Press, Abiquiu, NM, USA

Sie können Isolde und Arnica eine Nachricht schicken an: isolde@talesforasti.com, und ihre website, talesforasti.com besuchen.

ISBN #978-0692297124

Vorona Press, P.O. Box 613, Abiquiu, New Mexico 87510

INHALTSANGABE

VORWORT   *i*

JANUAR
Sibirischer Festschmaus   *1*

FEBRUAR
Geduldsprobe am Geburtstag   *6*

MÄRZ
Die Geschichte „unseres Kalenders"   *11*

APRIL
Ewigkeit   *22*

MAI
Der goldene Hund der „Madres"   *29*

JUNI
Der alte Pekka und der verzweifelte Vogel   *38*

JULI
Wahl zwischen zwei Gefahren   *47*

AUGUST
Trommeln für meinen „Oba"   *55*

SEPTEMBER
Die sieben Gebote für Hunde   *61*

OKTOBER
Sirius, der Stern der Hunde   *69*

NOVEMBER
Der Truthahn von Port-au-Prince   *82*

DEZEMBER
Winterlicht   *88*

Vorwort

Wenn es an der Zeit ist, mich hinzusetzen und meinem Hund Asti eine Geschichte vorzulesen, gibt es einfach viel zu wenig Geschichten, die uns beiden gefallen. Es ist meine Aufgabe, die Geschichte auszuwählen, weil ich der Vorleser bin. Obwohl ich immer wieder zu den Geschichten zurückkehre, die ich gerne höre, fällt mir auf, dass Asti nicht immer meine Begeisterung für eine bestimmte Geschichte teilt. Sie schläft oft ein, während ich vorlese oder wendet sich ab, um Wasser zu trinken oder sitzt am Fenster und beobachtet die Vögel.

Ich sah ein, dass wir ein Buch brauchten, in dem alle Lieblingsgeschichten von Asti gesammelt würden. Dieses Buch müsste Asti vom Aussehen und Geruch her vertraut sein und sie müsste beim Öffnen dieses Buches gleich wissen, dass jede dieser Geschichten für und über Hunde geschrieben ist. Dann könnte ich Asti laut vorlesen und wir würden wissen, dass ihrem und meinem Weltbild gleichermaßen gedient ist.

Hier ist also ein Buch von Astis bevorzugten Hundegeschichten. Sie sind nach Monaten geordnet, in denen sie sich ereignen oder zu denen sie irgendwie Bezug haben. Sie können in jeder beliebigen Reihenfolge gelesen werden, zumal ja das Kalenderjahr eine menschliche Erfindung ist, mit der Asti und ihre Hundefreunde herzlich wenig anfangen können.

Alle diese Geschichten handeln von Hunden, werden entweder von Hunden erzählt oder aus ihrem Blickwinkel. Sie ereignen sich überall in der Welt, sowohl zeitnah als auch in grauer Vorzeit und dies betrifft gleichermaßen die Orte, an denen sie handeln als auch die Thematik. Obwohl alle diese Geschichten Wahrheiten und Einsichten aus Astis Welt enthalten, sind sie alle erfunden. Ähnlichkeiten mit tatsächlich existierenden Hunden und Herrchen werden nicht völlig ausgeschlossen. Die Geschichten sind verknüpft mit wirklichen Ereignissen in der Welt von Hunden und Menschen. Einige der Geschichten sind Mythen. Am Anfang jeder Geschichte erhält der Leser zusätzliche Informationen über ihren Ursprung. Man kann sie laut oder leise lesen. Asti hält diese Information für überflüssig.

Wenn Sie ihrem Hund die Geschichte laut vorlesen, empfehle ich Ihnen, seinen oder ihren Namen in den Text der Geschichte häufig einzuflechten. Asti mag das recht gerne, denn es bezieht sie in die Geschichte ein und versetzt diese in die Jetztzeit, ist es doch die einzige Zeit, die einen Hund wirklich interessiert. Asti meint, Geschichtenerzählen sollte eher eine Art Gespräch sein als eine Vorlesung. Asti verriet mir auch, dass Hunde es sehr mögen, in die Gespräche der Menschen mit einbezogen zu werden, auch wenn sie sich nicht mit Worten äußern.

Die Hunde in diesen Geschichten benutzen bestimmte Worte, zumindest untereinander, was auch ein Grund dafür sein mag, dass Asti sie immer wieder hören möchte. Ich fragte sie gerade, ob dies der tatsächliche Grund sei und sie wedelte mit dem Schwanz, was ich als Bestätigung deute.

JANUAR
Sibirischer Festschmaus

MEIN ARZT SETZTE NEULICH einen Termin für eine Reihe von Barium Tests fest. Er war es leid - wie ich auch – von meinen nicht enden wollenden Beschwerden über Magenverstimmung, Sodbrennen, Durchfall, Verstopfung und Magenkrämpfen und einem halben Dutzend anderer kleiner, aber lästiger Funktionsstörungen zu hören. Während ich auf diese Prozedur vorbereitet wurde, stellte ich mir bildlich den Weg vor, den das Barium vom Anfang bis zum Ende meines Verdauungskanales nehmen würde. Kein schönes Bild! Wenn Gott ein Architekt wäre, hätte er sicherlich eine reizvollere Route durch den Körper geschaffen als diese ziemlich kurvige, weitschweifige Bahn. Jedoch wusste ich, dass mein Hund eine völlig andere Meinung über diesen Trakt hatte und gewiss jeden einzelnen Zentimeter davon genießen würde.

Obwohl die folgende Geschichte bei Hunden sehr beliebt ist, besonders bei Dackeln, sollte der zweibeinige Leser vorgewarnt werden. Ein Teil dieser Geschichte spielt sich im Inneren eines überwinternden Bären ab.

Omsk, Sibirien 1918

Tyapa, ein rotbrauner Dackel, kehrte von einem Bummel durch die Stadt Omsk nach Hause zurück und fand die Haustür offen. Noch bevor Tyapa eine Pfote in die Hütte setzte, wusste sie, dass etwas faul war. Ihr Herrchen würde die Tür nie offen stehen lassen, denn die sibirischen Winter sind bitterkalt. Tyapa betrat die dunkle Hütte und schaute sich um. Kein Feuer glühte im Ofen und der Samowar war ebenfalls kalt. Das konnte nichts Gutes bedeuten. Tyapa stupste die Tür mit der Schnauze zu und kroch auf ihren Platz unter eine Decke.

1

Alles, was Tyapa jetzt tun konnte, war warten. Auch früher hatte es das schon gegeben. Tyapa war in eine dunkle, kalte Hütte nach Hause gekommen und ihr Herrchen war nirgends zu sehen.

Manchmal war es der Wodka, den es in Sibirien im Überfluss gibt, der ihr Herrchen die ganze Nacht fernhielt. Tyapa konnte nicht einmal den Geruch ausstehen, aber ihr Herrchen behauptete, er halte ihn warm und er könne davon gut schlafen. Die Mengen Wodka verhalfen ihm allerdings auch dazu zu stolpern, zu fallen, zu murren, zu fluchen, zu lachen und sich zu übergeben. Tyapa dachte sich, es wäre sicherlich einfacher, nur ein paar Holzabfälle zu sammeln, ein Feuer zu machen und sich in eine Decke einzuwickeln. Doch Herrchen kam häufiger mit Wodka nach Hause als mit Brennholz.

Wenn er überhaupt nach Hause kam! Einmal wurde Tyapas Herrchen von Männern in Uniform aufgegriffen und abgeführt. Sie zeigten ihm einen Zettel auf dem stand, dass er, ein Kleinbauer, von der Weißen Armee zwangsverpflichtet worden sei. Tyapa beobachtete von ihrem Platz aus, wie ihr Herrchen fortgeschleppt wurde und fast den ganzen Frühling weg war. Ein anderes Mal wurde ihr Herrchen mitgenommen, weil es wöchentlich den Tempel statt der Kirche besuchte. Nach mehreren Wochen im Gefängnis hörte Tyapas Herrchen ganz auf in den Tempel zu gehen und trank statt dessen Wodka. Dann wurde Tyapas Herrchen an einem anderen Morgen von einer anderen Armee, der Roten Armee, aus der Hütte geschleppt. Viele Monate vergingen und Tyapa dachte, sie würde ihr Herrchen nie wieder sehen. Und dann kam es in einer Winternacht zurück, abgemagert, aber glücklich, wieder zu Hause zu sein.

Tyapa ist ein rotbrauner Dackel, ihr Herrchen sagte immer, Rot sei die Farbe der Schönheit. Jetzt ist Rot die Farbe einer Armee, die größten Schrecken verbreitet. Rot ist aber auch die Farbe des Blutes, das viele Armeen dieser Welt im russischen Schnee vergossen haben. Deshalb weiß Tyapa, dass für ihr Herrchen Rot nicht nur mehr die Farbe der Schönheit ist.

Tyapa vergrub sich tiefer in die Decke an ihrem Platz in der Hütte. Sie lauschte dem beruhigenden Geräusch der Sibirischen Eisenbahn, die an der Hütte mehrmals täglich vorbeirauschte. Sogar in der dunklen Nacht war dies ein angenehmes Geräusch. Für Tyapa war es wie Meditation. Sie wuchs auf mit diesem Geräusch und selbst wenn Tyapa fror und sich hungrig fühlte, versetzte das Geräusch des Zuges sie in den Schlaf.

Als der Morgen graute, wurde Tyapa von ihrem knurrenden Magen geweckt. Obwohl ihr Herrchen sehr arm war, gelang es ihm immer, abends etwas Essbares zu servieren. Er war ein gutes Herrchen und er teilte sein bescheidenes Mahl mit Tyapa. Aber ihr Herrchen war am gestrigen Abend nicht nach Hause gekommen, und heute Morgen ist Tyapa entsetzlich hungrig. Tyapa verlässt ihr kleines Nest, das sie sich mit ihrer Decke gemacht hatte und schaut sich in der Hütte um. Ihr Herrchen, wo immer es auch sein mag, muss an diesem kalten Morgen ebenso hungrig sein wie Tyapa. Tyapas Hunger treibt sie dazu, die Tür ihrer kleinen Hütte aufzustoßen, um ihr Herrchen zu suchen.

Tyapa nimmt den schwachen Geruch ihres Herrchens auf der Straße auf, die durch die Stadt und zu den Eisenbahnschienen führt. Der Geruch führt sie zu einem Eisenbahnwaggon. Glücklicherweise ist Tyapa ein wendiger Dackel, da ihr Herrchen sehr arm ist und dadurch ihre Mahlzeiten meist nur dürftig ausfallen. Somit gelingt es ihr leicht, auf den Waggon zu springen und sich durch die morschen Holzlatten zu zwängen.

Obwohl Tyapa glücklich ist, dem kalten sibirischen Winter auf ein warmes Plätzchen zu entfliehen, muss sie auf einmal feststellen, dass der Geruch ihres Herrchens abnimmt. Er wird durch einen für einen Menschen beißenden Gestank ersetzt, der aber für Hunde höchst attraktiv ist. Deshalb kehrt Tyapa nicht in die Kälte zurück um nach dem Herrchen zu suchen. Sie folgt diesem Geruch weiter in das Innere des Waggons, bis sie auf etwas Großes, Haariges, Runzeliges, Knochiges und Warmes stößt.

Durch das, was sie in diesem Waggon findet, vergisst Tyapas plötzlich ihr Vorhaben, ihr Herrchen zu finden, denn dort liegt ein schlafender Bär. Zwischen zwei Reihen sehr großer Zähne befindet sich der Eingang zu einem stinkenden, aber verheißungsvollen Tunnel! Tyapa, lang und schlank, kriecht hinein, macht Saltos durch eine enge Klappe und landet mit einem großen Platscher in einer dunklen Höhle, die mit einer essigähnlichen, salzigen Lösung gefüllt ist.

Tyapa verhält sich sehr ruhig, bis sie sich an die dunkle, nasse Höhle gewöhnt hat. Ihr Verstand verrät ihr, dass sie von weichen Stalagmiten und Stalaktiten umgeben ist. Tyapa tanzt auf diesem feuchten Trampolin herum, bis sie auf ihrer Haut ein Kribbeln verspürt. Die Säure beginnt auf ihrem Fell zu brennen und Tyapa sucht nach einem Ausgang.

Tief unten in einer Ecke findet sie eine Falltür. Als Dackel fällt es Tyapa leicht, mit Nase, Schnauze und Pfoten ein Loch zu graben (sie hat dies oft im Hof ihres Herrchens geübt). Sie zwängt sich schnell durch das Loch, das sich zu einem neuen Umfeld erweitert. Woher kennt sie diese Quasten? Tyapa kann sich nicht erinnern. Aber das macht nichts, denn mit einem Atemzug nimmt sie einen völlig anderen, himmlischen Geruch wahr.

Tyapa ist umgeben von dem, was Menschen Darm nennen. Sie arbeitet sich vor durch die unterschiedlichsten Speisegänge durch. Obwohl dieser Bär weder ein Feinschmecker noch ein Vielfraß war, ist dies der beste Festschmaus, den Tyapa sich vorstellen kann.

Sogar die hungrige Tyapa kann nur eine bestimmte Menge fressen. Plötzlich erinnert sie sich daran, warum sie überhaupt hier ist. Sie muss ihren Weg nach außen erschnuppern und ihr Herrchen finden.

Tyapa ist froh, dass dieser alte Bär eine Zeitlang keine Nahrung zu sich genommen hatte, denn sie kann am Ende eines langen Tunnels Licht sehen. Tyapa zwängt ihren schlanken Körper dem Licht entgegen und hüpft hinaus, sie schüttelt alles von sich ab, was nicht zu ihr gehört und nimmt die Geruchsspur ihres Herrchens wieder auf. Tyapa folgt dem vertrauten Geruch in den angrenzenden Waggon. Und dort liegt er, zusammengekauert in einer Ecke und schnarcht.

Tyapa stürzt sich auf ihr Herrchen, schleckt sein Gesicht und seine Hände. Sein Atem riecht nach billigem Wodka und ist so stark wie Tyapas Atem, der nach den Innereien des Bären riecht. Tyapas begeisterte Küsse und ihr widerlicher Atem wecken ihr Herrchen schnell auf. Er ist entzückt, dass sein treuer Dackel Tyapa nach ihm gesucht hat. Als Herrchen seinen schlauen, glücklichen Hund umarmt, verschwinden alle Gedanken an Kriege, Blutvergießen, Vorurteil, Hunger, Elend und sogar Wodka. Und für Tyapa und ihr Herrchen ist die Farbe Rot wieder wunderschön.

FEBRUAR
Geduldsprobe am Geburtstag

WAS IN DIESER GESCHICHTE dem Hund passiert ist, kann – da bin ich mir sicher – vielen Hunden und Menschen passieren, auch meinem Hund und mir.

Abiquiu, Neu Mexiko

Februar, genauer gesagt 6. Februar, 6 Uhr morgens. Ich kann es kaum erwarten, dass mein Frauchen aufwacht, wenigstens ein Auge öffnet! Bitte! Ich weiß, dass mein Frauchen mit dem Aufstehen immer so lange wartet bis die Sonne über der Mesa aufgeht, dann geht sie ihrer ersten täglichen Aufgabe nach, dem Aufwärmen des Wohnzimmers. Ich habe ein Fell, also friere ich nicht so schnell, auch nicht vor Sonnenaufgang. Ich beobachte mein schlafendes Frauchen und denke, wir sollten heute etwas früher aufstehen. Immerhin ist es ein besonderer Tag. Es ist mein Geburtstag!

Ich weiß, dass heute mein Geburtstag ist, weil ich den Mond beobachtet habe. Ich habe jeden Vollmond gezählt, der kam und ging. Ich bin heute drei Jahre alt. Was waren das für glückliche drei Jahre, mal abgesehen von der Zeit, als ich einige Wochen lang nicht gehen konnte. Ich weiß nicht, was da mit mir los war. Eines Tages wachte ich auf und hatte einfach kein Gefühl mehr in meinen Hinterbeinen. Es tat nicht weh, ich hatte einfach kein Gefühl mehr. Da ich anscheinend mit Glück gesegnet bin, hatte ich die Unterstützung meines liebevollen Frauchens und aller Menschen in meiner kleinen Welt, die allerdings gar nicht so klein ist, weil ich schon in mehrere Kontinente gereist bin und viele verschiedene Menschen getroffen habe. Einige dieser Leute haben seltsam geredet, sie konnten nicht einmal meinen Namen aussprechen. Stört mich nicht weiter. Ich mag Menschen. Jedoch habe ich einmal zufällig mitbekommen, dass jemand sagte, Hunde haben einen niedrigeren Intelligenzquotienten als Menschen! Stimmt das? Warum können sie dann meinen Namen nicht richtig aussprechen?

Endlich! Mein Frauchen öffnet ihre Augen! Was für eine Freude! Ich springe sie an und gebe ihr die üblichen Schmatzer. Sie reibt mir die Ohren, den Nacken, den Rücken und viele andere Körperteile, deren Namen ich nicht kenne. Sie gratuliert mir zum Geburtstag. Ich springe aus dem Bett und warte. Dann gehen wir hinunter in das helle, warme, sonnendurchflutete Wohnzimmer. Ich mache schnell einen Abstecher nach draußen, um mein Geschäft zu erledigen, und dann kehre ich wieder zurück in das Haus.

Mein Frauchen bereitet ihr übliches Frühstück zu. Wenn sie damit fertig ist, darf ich den Teller abschlecken. Und dann wird es Zeit für mein Frühstück. Aber heute bekomme ich nicht mein übliches Frühstück, sondern frische Leber. Ich versuche sie, bin mir aber nicht sicher, ob ich sie mag. Der normale Tagesablauf, der sich schon wegen der Leber geändert hat, wird gänzlich auf den Kopf gestellt. Mein Frauchen bereitet ein Bad für mich vor. Für mich? Einige meiner Brüder und Schwestern mögen ein Bad, ich nicht. Ich tauche meinen Kopf lieber in schmutziges Wasser. Aber ein Bad mit übelriechender Seife? Nein, das passt mir auf keinen Fall. Aber es ist mein Geburtstag, ich bin drei Jahre alt, also lasse ich außergewöhnliche Dinge wie ein Bad über mich ergehen.

Ich muss aber gestehen, wenn mein Fell trocken und die Körpertemperatur wieder normal ist – der warmen Sonne sei's gedankt! – ist ein Bad gar nicht so übel. Wenn ich an der Glastür vorbeigehe und mich darin sehe, gefällt mir mein Spiegelbild. Mein Fell glänzt schwarz. Ja, es ist ein guter Tag, passend zum Geburtstag. Der Seifengeruch wird sofort überdeckt werden, wenn die Tür aufgeht und ich mich im gut riechenden Sand wälze, denn wir wohnen im High Desert, was bedeutet, in einem hochgelegenen Wüstengebiet im Norden von Neu Mexiko.

Jetzt bin ich bereit meine Geburtstagsgäste zu empfangen. Ich sitze an der Eingangstür und überblicke die Einfahrt, über die bald meine Freunde mit Geburtstagsgeschenken kommen werden. Ich hoffe auf neue Spielsachen, denn die vom letzten Jahr haben ihre Stimmen und ihre Eingeweide verloren. Ich bin einsatzbereit für neue Spielsachen. Ich warte.

Nun ist Zeit zum Mittagessen. Mein Frauchen bereitet für sich etwas Übelriechendes vor. Ich bin froh, dass ich das nicht essen muss. Ich warte geduldig weiter. Meine Freunde werden kommen, das weiß ich. Durch alle Fenster dringen Sonnenstrahlen und wärmen das Haus, speziell für meinen Geburtstag. Meine Freunde wissen, dass unser Haus warm und einladend ist. Sie wissen, dass heute mein Geburtstag ist. Sie werden bald kommen.

Die Sonne war über den Himmel gewandert, jetzt wird sie bald untergehen; sie steht genau über dem höchsten Punkt der Mesa westlich von unserem Haus. Heißt das nicht, dass es spät am Nachmittag ist und die Dunkelheit bald hereinbrechen wird? Ich weiß, sie werden kommen. Nur Geduld. Ich warte auf das Klicken, wenn sich das Tor öffnet. Aber ich kann es nicht hören, auch nicht, dass der Schotter unter dem Gewicht der ankommenden Autos ächzt. Sie werden kommen!

Wenigstens der Mond enttäuscht mich nicht. Er steigt über den Mesas zwischen den Sternen am Himmel empor. So viele Sterne! Meine Freunde wissen, dass ich Geburtstag habe. Drei Kerzen brennen auf meinem Kuchen. Oh ja, mein Frauchen hat nur für mich einen Kuchen gebacken, zum Glück nicht mit Leber. Ich weiß jetzt bestimmt: Ich mag keine Leber. Kann sein, dass Leber gesund ist, aber nicht alles, was gut für uns ist, schmeckt auch gut. Die anderen Innereien, die ich verweigere, wenn mein Frauchen sie mir anbietet, sind Nieren. Die lehne ich ab. Ich mag ihren Geruch, aber ich würde sie nie fressen. Und Herz? Ich habe Herz nie gekostet, aber es könnte gut schmecken, sonst wären bestimmt nicht so viele Lieder über corazón geschrieben worden (ich habe dieses Wort von einem Chihuahua Freund gelernt, der auch hier sein sollte an meinem Geburtstag).

Der Kuchen riecht himmlisch, woraus immer er auch sein mag. Ich würde ihn so gerne mit meinen Freunden teilen, also warte ich.

Mein Frauchen hat es sich vor dem Fernseher gemütlich gemacht. Sie sieht sich die PBS Nachrichten, BBC Weltnachrichten, dann einen Naturfilm über Tiere (aber nicht Hunde). Und dann folgen die Daily Show mit Jon Stewart, der Colbert Report und die lokalen Nachrichten. Wie schrecklich! Nur Raub, Schießereien, Feuer, Erdbeben und Überflutungen. Ich würde gerne etwas über die Hundewelt sehen! Wer hat die Westminster Kennel Show gewonnen? Wer war der Hund, der die Skifahrer aus der Lawine in der Schweiz gerettet hat? Welcher Hund hatte die meisten Welpen, welcher leiht sein Ohr den Gehörlosen oder welcher führt die Blinden über die belebten Straßen von Manhattan? Welcher Hund hütete oder umstellte eine Herde von Schafen in Australien, rettete sein Herrchen vor dem Ertrinken oder hielt ein Baby in einem mongolischen Zelt warm? Das sind die Geschichten, die ich sehen will.

Oh nein, Charlie Rose kommt im Fernsehen. Das heißt, es ist bald Zeit ins Bett zu gehen. Erinnere ich mich da richtig? Kein einziger kam, um mir zum Geburtstag zu gratulieren. Vielleicht habe ich mich geirrt und zu viele Monde gezählt. Oder nicht genug Monde? Vielleicht habe ich erst morgen Geburtstag. Zum Glück habe ich meinen Kuchen noch nicht angetastet. Ich werde ihn mit meinen Freunden teilen, wenn sie morgen kommen.

MÄRZ
Die Geschichte „unseres Kalenders"

ALS KIND, DAS IN EINEM KLEINEN bayerischen Dorf aufwuchs, habe ich gerne meinen Drachen am *Warenbichl* steigen lassen. Das ist ein Ort, der an die alte germanisch-römische Geschichte unseres Dorfes erinnert. Ungefähr um das Jahr 500 v. Chr. entwickelten die Römer ein Straßensystem von mehr als 400 000 Kilometern. Strahlenförmig führten von Rom aus Straßen in alle Richtungen, im Süden reichten sie bis nach Nordafrika, im Norden bis ins heutige England. Im Jahre 20 v. Chr. fügten die Römer ein Netzwerk von Wällen hinzu, *Limes* genannt, das den sicheren Transport von Waren und die schnelle Verbreitung von Nachrichten über das ganze Römische Imperium gewährleisten sollte. Der *Warenbichl* in meinem Heimatdorf war eine Station für Kaufleute entlang der alten Handelsstraße, die von Rom über die Alpen, am *Limes* entlang bis an den Rhein führte. Auf ihrem Weg nach Norden passierten die Händler Rottweil, eine von den Römern gegründete Stadt, die im heutigen Süddeutschland liegt. Der Rottweiler Hund wurde angeblich nach dieser Stadt benannt.

Rottweil, Süddeutschland

Max, das Leittier eines Rottweilerrudels, ist gut auf den Frühlingsanfang vorbereitet. Das ganze Jahr über hat er sorgfältig und eingehend die Anzahl der Vollmonde beobachtet und sich die kommenden und gehenden Jahreszeiten gemerkt. Er kennt sich aus, wann Tag und Nacht gleich lang sind. Max weiß genau, wann es Zeit ist, alle Hunde in der kleinen Stadt Rottweil über die jährlichen Feierlichkeiten zu informieren.

Solange sich die Hunde dieser Stadt erinnern können, hat Max dafür gesorgt, dass es Knochen im Überfluss gegeben hat für das bevorstehende Ortsfest in Rottweil, bekannt als R-Tag. Genauso hat er es im letzten Jahr und all die Jahre davor getan.

Alle Hunde des Ortes haben erneut erfolgreich einen langen, kalten Winter in den Bergen der Gemeinde überlebt. Max weiß, dass sie sich alle auf seine Ankündigung freuen, dass der Frühling gekommen ist und die Zeit für die vier großen B's.[1]

Nachdem Max die Runde durch den Ort gemacht und allen Hunden verkündet hatte, dass es Zeit zum Feiern war, kehrte er in sein angestammtes Revier am Stadtplatz zurück.

Der Feiertag beginnt. Es liegt immer noch Schnee auf den Bergen, aber unten im Tal ist der erste warme Frühlingstag. Viele Hunde versammeln sich in Max' Revier in der Nähe des Stadtplatzes. Nur an diesem Tag erlaubt Max den anderen Hunden in der Stadt, sein Territorium in der Nähe des Platzes zu markieren, was sie alle mit Freude tun, überall Beinchen heben oder hinkauern. Ein kurzes Bellkonzert folgt, das vom Läuten der Glocken des Stadtturms zur Mittagszeit begleitet wird.

Nach dem jährlichen Beinchenheben am Stadtplatz wird ein junger Hund ausgewählt, der probeweise in die Führungsriege der Jungen aufgenommen wird. Diesem jungen Hund, der wegen seiner Kraft, Intelligenz und Nervenstärke ausgewählt wird, werden Anweisungen erteilt, in der Stadt herumzuschnüffeln, einen Städter zu finden und ihn zu beißen. Nicht zu fest und nicht zu tief. Nur

---

1. Bark, bite, binge and bash – übersetzt aus dem Englischen: Bellen, Beissen, Feiern, Saufen.

ein kleiner Biss. Wenn dieser junge Hund dabei von den Menschen nicht gefangen wird, ist er auserwählt, in die Elitegruppe der Stadthunde aufgenommen zu werden, aus der der nächste Anführer (nach Max natürlich) gewählt wird. Wie jedes Jahr verlässt auch dieses Jahr ein junger Rüde den Stadtplatz und begibt sich mit großen Erwartungen in die Stadt, damit er, wenn er Glück hat, eines Tages der Anführer des Rudels sein könnte, ebenso groß und mächtig wie der alte Max.

Nachdem sich der Jüngling auf die Suche gemacht hat – dies konnte den ganzen Tag dauern – breitet Max all die vielen Knochen aus, die er im vergangenen Jahr zur Seite schaffen und vergraben konnte. Einer hörbaren Welle von oh's und ah's folgt eine gute halbe Stunde von zufriedenem Nagen und Kauen. Nach diesem Festmahl legen sich alle Hunde der Stadt in die Frühlingssonne, um einen guten, langen Mittagsschlaf zu halten. Üblicherweise erzählt Max dann eine Geschichte, die jeden der Hunde gewöhnlich in Schlaf versetzt. Max hält seine Geschichten knapp, weil er weiß, dass die Aufmerksamkeitspanne seines Rudels sehr klein, dessen Drang, einen Mittagsschlaf zu halten, dagegen sehr groß ist.

Max nimmt seinen Platz in der Nähe des Brunnens ein, um mit dem Geschichtenerzählen zu beginnen. Einige Augenblicke sitzt er ganz ruhig da, während er überlegt, welche seiner vielen Geschichten er heute zum Besten geben will. Er hat dieselben Geschichten immer wieder erzählt. Max ist sechzehn Jahre alt und er weiß, ihm bleiben nicht mehr viele R-Tage. Und eine bestimmte Geschichte hatte er noch nie erzählt. Max hatte all diese Jahre auf den richtigen Tag gewartet, um diese große Geschichte zu erzählen – die Geschichte seiner Rasse. Wie soll er wissen, wann der richtige

Tag gekommen ist? Was ist, wenn er den richtigen Zeitpunkt ver-
passt? Wird überhaupt einer der Hunde wach sein und zuhören?
Wenn nicht, wird die Geschichte, die Max in seiner Erinnerung
herumträgt, für immer verloren sein. Und damit hätte Max als
Anführer des Rottweiler Rudels versagt.

Einige der Hunde haben schon begonnen zu schlummern. Enttäuscht beginnt Max die schon bekannte Geschichte vom blinden
Schreiner und seinem getreuen Hund zu erzählen: „Vor langer,
langer Hundezeit...“

Kaum hatte Max den ersten Satz gesagt, schon wurde er von
einem der kleinen Welpen, einem großäugigen, schwächlichen
Hund unterbrochen, der sich an Max' Seite gedrängt hatte.

„Aber wie sind wir hierher gekommen?“, fragte der Kleine. „Wo
kommen wir her?“

Einige der älteren Hunde zischten und legten dem Welpen
nahe, sich hinzulegen und zu schlafen. Der Welpe jedoch wich
nicht von Max' Seite.

„Nun, hier ist die Geschichte!“, sagte Max zu dem Welpen. Max
hätte vor Freude heulen können, aber er hielt seine Gefühle zurück.
„Das ist die Geschichte, die mir erzählt wurde, als ich noch ein so
kleiner Welpe war wie du.“

Einige wenige der schlummernden Hunde öffneten ein Auge
und beobachteten auf diese Weise Max und den Winzling mit
deutlichem Interesse. Max machte es nichts aus, wer wach war und
zuhörte und wer nicht, dieser eine kleine Welpe war die ganze
Zuhörerschaft, die er brauchte.

*„Vor langer, langer Zeit lebte euer Stammvater Rescipius, bekannt
als Respi, in einer großen Stadt auf der anderen Seite der großen Bergkette.“*

Max deutet auf die Berge südlich der Stadt. „Diese Stadt lag nahe an einem großen Wasser und das ganze Jahr über war es dort behaglich warm. Sie hieß Rom. Respi wuchs auf in einem großen Marmorpalast mit vielen Säulen und Bögen. Viele Leute lebten dort. Sie trugen wallende Gewänder. An den Füßen trugen sie Ledersandalen, die beim Gehen durch den Palast quietschende Geräusche von sich gaben. Die Männer trafen sich häufig in den marmornen Hallen oder in den gekachelten Badehäusern, wo sie sich im warmen Wasser erholten und viele anregende Gespräche führten. "

„Respis Herrchen hieß Julius Caesar, kurz Caesar genannt, und er nahm Respi überall hin mit. Respi liebte diese Reisen sehr. Mit Caesar kam er nach dem Süden über ein großes Wasser in einen Ort, der noch wärmer war als Rom und wo es seltsam geformte Häuser gab, Pyramiden genannt. Sie reisten auch über Land nach dem Norden hin mit einer ganzen Armee von Männern und nur wenigen Frauen. Respi hatte vorher noch nie solch ein Land gesehen. Verglichen mit dem, was Respi sah, waren die Berge in Rom Ameisenhügel. Und es war kalt! Mit der Kälte kam seltsames, weißes Zeug vom Himmel. Immer wenn Respi versuchte, das weiße Zeug zu fangen, verschwand es in seinem Maul. Es fiel in großen Mengen auf die Erde und war so kalt, dass Respis Pfoten schmerzten. "

„Egal wohin sie reisten, Caesar stellte sicher, dass Respi es angenehm hatte. Caesar trug Respi unter seinem fließenden Gewand, wo der Hund es warm und sicher hatte. Nach einer Reise von vielen Tagen und Wochen erreichte Caesars Armee ein Land, in dem Respi Menschen sah, die ganz anders rochen und kochten als er es gewöhnt war. Diese Menschen hatten einen starken, erfrischenden Geruch (zumindest für einen Hund), ihre Haare waren blond, ihre Augen hatten ein eiskaltes Blau. "

„Viel Zeit verbrachten sie in diesem nördlichen Land und Caesar führte viele Kämpfe. Respi verstand nicht ganz, warum die blonden blauäugigen Menschen böse sein sollten und sein Herrchen seine Armee so heftig gegen sie kämpfen ließ. Während der ganzen Kriegsführung fühlte sich Respi sicher und beschützt. "

„Aber dann ereignete sich etwas, was Respis Leben änderte. Sein Herrchen Caesar begann, wenn er nicht gegen die Blonden kämpfte, mehr und mehr Zeit mit einem blonden Mädchen zu verbringen. Caesar war so sehr in das Mädchen verliebt, dass er Respi völlig ignorierte und vergaß. Hatte er sich irgendwie falsch verhalten in der letzten Zeit?"

„Wenn Caesar Respi zu Hause in Rom ignoriert und vergessen hatte, hatte Respi immer die Möglichkeit gehabt, Trost und Gesellschaft innerhalb seines eigenen Rudels zu finden. Aber hier in Rottweil hatte Respi niemals jemanden aus seinem Rudel gesehen. Da waren andere Tiere seiner Art, aber ihr Aussehen und ihre Gepflogenheiten waren für Respi abscheulich, und er näherte sich ihnen nie so weit, dass er hätte feststellen können, dass ihr Geruch auch nicht anders war als der der Hunde in seinem Rudel zu Hause. Einige dieser Tiere sahen bösartig aus, beinahe so wie das Tier, das Lupus genannt wird und sich in den Wäldern rings um Rom herumtrieb. Andere sahen ausgesprochen lächerlich aus: Mutter Erde muss da wohl ein Irrtum unterlaufen sein, als sie diese Geschöpfe erschuf, denn ihre Körper waren länger als ihre Beine. Aber eine andere Art von einem einheimischen Köter, den Respi einmal hoch oben in den verschneiten Bergen gesehen hatte, sah aus wie eine stämmige Kuh. Respi wollte mit diesen Tieren nichts zu tun haben und zog es vor, lieber allein zu sein als in Gesellschaft solcher Köter. Und so fand Respi, um seine Gefühle von Abscheu und Ernüchterung zu vergessen, in diesen endlos langen und langweiligen Tagen Trost in – worin wohl? – Nickerchen. "

„Eines Tages erwachte Respi von seinem Nickerchen durch laute, geschäftige Geräusche und stellte fest, dass die Soldaten herumeilten und sich fertig machten zum Verlassen des Lagers. Respis Herz schlug schneller, weil er dachte, es sei so weit, diesen seltsamen Ort endlich zu verlassen. Bestimmt würden bessere Tage vor ihm liegen. Er stand auf, trottete durch das Lager und stellte zu seinem Entsetzen fest, dass keine Anstalten getroffen wurden, seine Habseligkeiten einzupacken. Respis Fressnapf, Halsband, Leine und Knochen ließ man unberührt liegen."

„Respis Herrchen Caesar nahm ihn dann zur Seite, schaute Respi tief in die Augen und erklärte, dass er große Verantwortung in seine großen Pfoten lege. Caesar sagt zu Respi, er sei der Einzige, in dessen Obhut Erda, das blonde Mädchen, sicher sei."

„Respi schaute zu, wie sein Herrchen mit seiner Armee aus dem Nord-Land abzog. Respi empfand mehr Stolz als Kummer, allein gelassen zu werden, denn er trug die große Verantwortung Erda zu beschützen. Bald nach Caesars Abreise brachte Erda ein Kind zur Welt, einen Jungen. Respi wich Erda oder dem Jungen nie von der Seite, er war wieder ausgelastet und glücklich."

„Einige Jahre vergingen. Man schrieb das Jahr, das die Menschen 44 v. Chr. nennen. Das sagte Respi nicht viel. Monate konnte er verstehen, nicht aber Jahre. Es war März. Das Leben verlief ohne Zwischenfälle. Der Junge wuchs heran. Erda war glücklich und der treue Respi hielt sein Versprechen, die blonde Familie seines Herrchens Caesar zu bewachen. Jedoch Mitte des Monats beschlich Respi ein Gefühl, das er nicht beschreiben konnte. Er wurde unruhig und konnte sich kaum auf seine Pflichten konzentrieren. Respi reckte seine Nase in sämtliche Richtungen, bis er aus dem Süden einen Geruch aufnehmen konnte, den er – obwohl vertraut – nicht ganz einordnen konnte. Es war ein beunruhigender, unheilverkündender Geruch, der in Respi den Urtrieb erweckte, das Haus, den Garten und die Stadt zu verlassen und sich nach Süden, Richtung Rom, auf den Weg zu machen."

„Respi hat sich niemals zuvor einem solchen Zwiespalt ausgesetzt gesehen. Er hatte das Gefühl, er müsse zu seinem Herrchen gehen, aber ihm war gesagt worden, er solle hier bei der Familie seines Herrchens bleiben. Zum ersten Mal seit seiner Abreise vermisste Respi sein Herrchen."

„Respi vermisste Caesar, weil er sein Herrchen war und auch, weil Caesar ein Meister darin war, komplizierte Problem zu lösen."

„Respi wollte nach Süden gehen, aber er erinnerte sich daran, dass er die Anordnung seines Herrchens befolgen sollte. Er machte seine Arbeit gut und jeder in Caesars Familie war glücklich. Jeder außer Respi."

„Es war für die Familie an der Zeit, das neue Jahr zu feiern. Respi war nicht in der Stimmung daran teilzunehmen. Es war nur eine kleine Feier, denn nur Respis vertraute Familie feierte an diesem Tag, nicht die ganze Stadt. Respi konnte nie verstehen, warum ihr neues Jahr in einem anderen Monat begann als das der anderen Leute von Rottweil. Respi, dem es gelungen war, seinem ursprünglichen Trieb, den Ort zu verlassen und nach Süden zu gehen, zu unterdrücken, flüchtete sich aus der verwirrenden Welt der Menschen in einen langen, tiefen Schlaf."

„Ungefähr ein Monat verstrich. Respi drehte eine Runde durch sein Revier und machte es sich dann im Stall bequem. Seine Gedanken schweiften umher. Er hoffte, das vor ihm liegende Jahr würde gut für seine ganze Familie und das Gefühl drohenden Unheils würde bald von ihm genommen. Er hoffte, dass sein Herrchen bald nach Rottweil zurückkehren und seinem Sohn begegnen würde, den Respi überall bewachte und beschützte."

„Respis Gedanken wurden von dem Geräusch von Pferdehufen unterbrochen. Er verließ den Stall und sah einen Soldaten, einen Römer. Respi wedelte zur Wiedererkennung mit dem Schwanz. War es möglich, dass seine Wünsche so bald schon im neuen Jahr erfüllt wurden? Der römische Soldat stieg ab. Er trug einen Welpen, genauso wie Caesar Respi getragen hatte, als dieser noch ganz jung war. Die junge Hündin sah ähnlich aus wie das Bild, das Respi von sich hinten auf dem Wasser des See erkennen konnte."

„Der junge Welpe sprang unter dem Umhang des Soldaten heraus und landete anmutig neben dem Pferd auf dem Boden. Der Soldat ließ ihn dort, verschwand schnell im Haus und schloss die Tür. Der Soldat hatte es so eilig, dass er nicht einmal bemerkte, dass er der jungen Hündin die Tür vor der Nase zugeschlagen hatte. Respi wartete draußen mit dem Welpen. Ein paar Minuten später, als sich die Tür endlich wieder geöffnet hatte, trat Erda weinend aus dem Haus und hielt ihren jungen Sohn auf dem Arm."

„Die Nachricht breitete sich rasend schnell in der Hausgemeinschaft aus. Weit unten im Süden, in Rom, ist Respis Herrchen an den Iden des März erstochen worden."

„Respi war geplagt von Gewissensbissen und Bedauern. Wenn er nur seinen Instinkten gefolgt wäre! Respi war sich sicher, dass er das Schlimmste hätte verhindern können, wenn er nur bei seinem Herrchen gewesen wäre."

„Respi war untröstlich. Die Hündin, Renata genannt, Kurzform Rena, tat ihr Bestes, Respi aus seiner betrübten Stimmung herauszureißen. Aber erst als Rena Respi erzählte, dass sie bald mit dem Soldaten nach Rom zurückkehren werde, wurde seine Trauer um Caesar weniger. Er hatte sich schon so an Renas Gesellschaft gewöhnt, dass er sich etwas überlegen musste, sie in Rottweil zu halten."

„Rena, genau wie Respi, liebte Rom viel mehr als das Land der blauäugigen Blonden. Aber sie mochte Respi auch. Und da der Soldat nicht wirklich Renas Herrchen war – sie erzählte Respi, dass sie niemals wirklich ein Herrchen gehabt habe – stimmte Rena glücklich zu sich im Stall zu verstecken, bis der Soldat gegangen war. Es hätte ja sein können, dass er sich wieder als ihr Herrchen aufgespielt und sie mit sich nach Rom genommen hätte."

„Der Soldat reiste aus der Stadt ab ohne Rena und Rena wurde Respis Braut. Sie waren ein gutes Paar. Rena war sehr glücklich. Respi war froh, dass Rena geblieben war. Trotzdem bemerkte Rena, die sehr einfühlsam war, ziemlich bald, dass Respi sehr verschlossen wurde und immer schlechter schlief, beides Zeichen großer Besorgnis bei Hunden."

„Rena grübelte über Respis Stimmung nach. Sie lebten sehr gut – sie waren schon mit ihrem dritten Wurf gesegnet – und so war sich Rena sicher, dass Respis Traurigkeit mit dem plötzlichen und gewaltsamen Ableben seines Herrchens zu tun haben musste."

„Ein weiteres Jahr verstrich und Respis Verhalten änderte sich nicht. Rena war eine junge Hündin, aber trotzdem war sie gewieft. Im folgenden Jahr sammelte Rena an den Iden des März alle ihre Kinder, von denen einige in anderen Familien des Ortes ein Zuhause gefunden hatten, und bereitete eine Feier vor in Erinnerung an Respis heißgeliebtes Herrchen. Rena erzählte dem Rudel, nun Rottweiler genannt, dass es in diesem Jahr zum letzten Mal eine Gedenkfeier für Caesar geben werde. In jedem folgenden Jahr, erklärte sie, werde es auch eine Feier geben, aber sie wird R-Tag genannt werden. Alle Hunde des Ortes werden eingeladen, an den Feierlichkeiten teilzunehmen und alle werden fröhlich sein."

„Als Respi von Renas Ankündigung hörte, eine neue Tradition ins Leben zu rufen, besserte sich seine traurige Stimmung merklich. Von da an verbrachte Respi die meiste Zeit damit, die nächste Feier zu planen und vorzubereiten, während Rena die täglichen Pflichten erfüllte. Respi und Rena lebten lange und glücklich im Kreise ihrer Familie in Rottweil.“

Max beendete die Geschichte. Er hatte jahrelang darauf gewartet, sie erzählen zu können und blickte sich auf dem Stadtplatz um. Zu seinem großen Erstaunen war keiner der Hunde eingeschlafen. Alle Hunde hatten aufmerksam seinen Worten zugehört.

„Dann ist der R-Tag für die Menschen dasselbe wie die Iden des März?“, fragte der Welpe, der immer noch neben Max saß.

Max sah auf den Welpen herunter. „Ja.“

„Aber warum heißt er bei den Hunden R-Tag?“

„Mein Großvater hat mir erzählt, dass Rena diesen Namen gewählt hat, um die Stadt Rottweil zu ehren. Andere Geschichtenerzähler sagen, Rena habe ihn so gewählt, um Respi zu ehren. Vor langer Zeit maßten sich die weiblichen Mitglieder des Rudels an zu behaupten, der Feiertag sei nach Rena benannt, weil es ohne ihre Weisheit und Initiative heutzutage keine Feierlichkeiten für Hunde gäbe.“

„Was meinst du, zu wessen Ehren der Tag benannt wurde?“, fragte der Welpe.

Alle Hunde auf dem Platz warteten auf die Antwort ihres alten Führers. Schließlich antwortete Max: „Ich glaube, es ist unser Tag, um die Treue, Anhänglichkeit und bedingungslose Liebe zu unseren Herrchen zu bekunden.“

APRIL
Ewigkeit

DIE MEISTEN LESER – so wie auch ich – machen sich sicherlich Gedanken zum
Begriff Ewigkeit. Ich habe beschlossen, meine Freunde und Kollegen darüber um
ihre Meinung zu bitten. Die Werke großer Denker habe ich auch zu Rate gezo-
gen. Die Antwort, die mir am meisten zusagte, fand ich jedoch in den Augen
meines Hundes.

Im Norden von Neu Mexiko

Haben Sie sich jemals gefragt, was Ewigkeit bedeutet? Falls ja,
finden Sie den Gedanken einschüchternd, rätselhaft, verwirrend oder fesselnd? Vielleicht ist ihnen das aber völlig gleichgültig?

Zu Beginn des Frühjahrs stellte sich mein Frauchen jede
Menge Fragen (siehe weitere Beispiele dieses menschlichen Verhaltens
in der September-Geschichte) und redete mit mir über etwas, von
dem ich wenig Ahnung habe: Über die Ewigkeit. Ich merkte, dass
es für sie sehr wichtig war, diese Fragen zum Begriff der Ewigkeit zu
stellen, weil sie dauernd ihre Freunde und Bekannten aus der ganzen
Welt über ihre Ansichten zur Ewigkeit befragte. Mir schien es so, als
sei die Ewigkeit das einzige Gesprächsthema meines Frauchens
und ihrer Freunde.

Ich hörte ihnen Tag und Nacht zu, was Ewigkeit sein könnte,
in der Küche, auf der Terrasse, beim Telefonieren. Ich verstand
weder, worum die ganze Aufregung ging, noch interessierte es mich
sonderlich. Für einen Hund ist Ewigkeit ein ziemlich einfacher

Begriff, den man am besten an Hand einiger Bespiele erklärt: Warten aufs Fressen, Warten, dass das Frauchen aufsteht oder nach Hause kommt – das ist Ewigkeit. Unter den menschlichen Wesen jedoch beschwört die Frage nach der Ewigkeit eine verblüffende Reihe verschiedenster Antworten herauf.

„Es ist Zeitlosigkeit" sagte ein gebildeter Freund meines Frauchens. Gebildet heißt gelehrt, belesen, zumindest bei Menschen. Unter Hunden bedeutet ein gebildetes Herrchen (in meinem Fall Frauchen): Das Haus ist bis unter das Dach vollgestopft mit Büchern und das Herrchen verbringt täglich viele, viele Stunden damit, in einem Sessel zu sitzen, ein Buch oder irgendein Schriftstück zu lesen und Notizen auf einen Block zu kritzeln. Gleichzeitig starrt er Löcher in die Luft und grübelt über Dinge nach, die ein Hund nicht begreifen kann. Auf all diese eifrigen Aktivitäten folgen - wie es scheint - ziellose und endlose Gespräche mit seinem Hund und sich selbst.

„Nichts", sagte ein anderer Freund meines Frauchens, „ Ewigkeit bedeutet Nichts." Nichts kann in meinen Augen – und das ist die Denkweise eines Vierbeiners – am besten verstanden werden in Bildern: Eine Schüssel ohne Futter, ein Himmel ohne Wolken, ein Eimer ohne Wasser. Das sind Beispiele für Nichts. Nichts in einer Schüssel oder einem Eimer. Nichts am Himmel. Leer. Nichts ist charakterisiert durch Abwesenheit von Dingen.

„Der Begriff von Ewigkeit verwirrt mich, und ich weiß nicht, was es ist," sagt ein aufrichtiger Freund. Mein Frauchen nickte nachdenklich bei der Stellungnahme dieses Freundes, aber ich glaube, es half meinem Frauchen nicht bei der Suche nach einer Antwort. Sie tranken zusammen Tee im Wohnzimmer und der Freund blieb nicht lange. Nachdem er gegangen war, räumte mein

Frauchen die Teetassen weg, holte sich ein Weinglas und eine Flasche guten französischen Rotwein und fuhr fort, nachzudenken und mit mir, dem treuesten Freund an ihrer Seite, leise zu reden.

„Ich müsste Gott mit in das Gespräch einbeziehen," sagte ein sich nicht binden wollender Freund, „und das will ich nicht."

Ich bin sicher, mein Frauchen hätte es gerne gesehen, wenn ihr Freund Gott in die Konversation einbezogen hätte, aber mein Frauchen wollte keinen Druck ausüben. Mein Frauchen ist ein sanftmütiger Mensch. Sie regt sich nur dann auf, wenn die Fragen, über die sie nachgrübelt, nicht leicht zu lösen sind.

„Ewigkeit" ist eine irische Rock-Gruppe," sagte eine Freundin, die mit Kopfhörern im Haus herum wanderte. Normalerweise rollt mein Frauchen nicht mit ihren Augen, aber ich bin ziemlich sicher, dass ihre grünen Augen rollten. Jedoch vermied mein Frauchen es, ihre Freundin zu belehren; mein Frauchen ist sehr höflich.

Eine Freundin, die es liebt bei der Gartenarbeit zu singen, sagte – oder besser sang – „Ewigkeit ist ,Für Immer-Morica." Mein Frauchen schüttelte den Kopf, lachte nur, aber sang nicht mit.

Später schickte der Tanzlehrer meines Frauchens eine Email: „ E= 6 Std." Mein Frauchen dachte einige Minuten intensiv über diese mysteriöse Mitteilung nach und rief dann ihren Tanzlehrer an, der am anderen Ende der Welt wohnt.

„Willst du mir sagen, dass Ewigkeit sechs Stunden ,en pointe' bedeutet?" Ich konnte die Antwort des Tanzlehrers nicht hören. Nach einer langen Pause sagte mein Frauchen ins Telefon „ Richtig, sechs Stunden in einem Zahnarztstuhl qualifizieren für ,Ewigkeit' in jeder Sprache!" Mein Frauchen beendete das Gespräch, sah mich an und seufzte.

„ Platon sagte : „Ewigkeit ist das Grenzenlose, in dem alle Phänomene angesiedelt sind, deren Ende oder Anfang nicht gedacht werden kann. Sie ist die wahrhafte Form des Seins, d.h. als Seinsweise der Ideen, die frei von allem Werden sind." Mein Frauchen saß an ihrem Schreibtisch, als sie sich mir zuwandte und diesen Typen Platon zitierte. Niemals zuvor hörte ich den Namen Platon aus ihrem Mund, also kann er kein enger Freund sein. Und das ist gut so, denn wenn er vorbeikäme zum Tee, wäre ich ziemlich sicher, dass seine Anschauungen und Äußerungen – obwohl klug – bei meinem Frauchen sogar noch mehr ruheloses Grübeln und Gemurmel bis spät in die Nacht hervorrufen würden.

Die Mutter meines Frauchens kam vorbei und setzte sich zu einem Gespräch mit meinem Frauchen in die Küche. Sie hielt mich auf dem Schoß, kraulte mein Köpfchen und erzählte meinem Frauchen: „Eigentlich wollte ich dich auf den Namen Ewigkeit taufen, weil du so lange überfällig warst und anscheinend keine Lust hattest, auf die Welt zu kommen."

Mein Frauchen lächelte. Ich frage mich, ob mein Frauchen, wenn man sie Ewigkeit genannt hätte, die Ewigkeit besser verstehen könnte. Wahrscheinlich nicht; Menschen haben Schwierigkeiten, sich selbst zu verstehen.

Die Suche nach einer Antwort dauerte an. „Ewigkeit ist ein Trostpflaster für unsere kurze Zeit auf dieser Erde," behauptete ein stets optimistischer Freund. Während eines Spaziergangs fragte mein Frauchen ihre Freundin etwas über das Jenseits, und schon landeten sie bei einem völlig anderen Gesprächsthema mit einem ganz unterschiedlichen Ansatz von Fragen. Wenigstens hat diese

Unterhaltung mein Frauchen von ihrer ewigen Fragerei über die Ewigkeit für einige Stunden abgelenkt.

„Verplempere nicht die kurze Zeit, die du auf der Erde hast," mahnte ein pessimistischer, mürrischer Freund mein Frauchen. „Dies könnte möglicherweise die Ewigkeit verletzen oder verändern." Ich hoffte inständig, mein Frauchen würde fragen, wie man etwas zerstören könne, was man weder sehen, noch riechen, berühren, hören oder finden kann. Aber dieser pessimistische Freund verließ das Haus meines Frauchens beinahe ebenso schnell wie ihr aufrichtiger Freund vor wenigen Tagen.

Bei einem Abendessen saß an der Seite meines Frauchens ein Freund in einem farbenfrohen, wallenden, exotischen, fremdartigen Gewand. Während des ersten Ganges (Menschen wird oft mehr als nur eine Schüssel Essen pro Mahlzeit vorgesetzt) sagte er: „ Ich dachte, heute Abend würde das Gericht ‚Ewigkeit' serviert." Mein Frauchen unterbrach das Essen und starrte vor sich hin. Zusammengekauert auf meinem Teppich bereitete ich mich auf einen tiefen Schlaf vor. Ich ahnte bereits, dass dies ein langes Abendessen werden würde, nachdem jemand den Begriff Ewigkeit auf verwirrende Weise ins Spiel gebracht hatte.

Ein anderer Freund bei der Dinner Party sagte: „ Wenn du nur für eine Hundertstel Sekunde liebst, hast du die Ewigkeit bestohlen." Mein Fauchen nannte diesen Freund einen Romantiker. Dieser Freund sagte, er würde immer noch darauf warten, dass „es" passiere. Ich versuchte, zu Füßen meines Frauchens einzuschlafen, aber es gelang mir nicht; was war „es" und wie könnte das Beste auf der Welt – Liebe – etwas stehlen, was kein Mensch je verstand ?

„Ewigkeit ist etwas, worin wir uns gerade jetzt befinden," erklärte der Assistent des Tierarztes meinem Frauchen. „Aber niemand weiß genau, was es ist." Ich mag und schätze diese Leute beim Tierarzt wirklich, aber ich bin der Ansicht, er ist über das Ziel hinausgeschossen, wenn er der Meinung ist, mein Frauchen „weiß nicht, was das ist." Offensichtlich hat er sich nicht so lange und intensiv mit der Ewigkeit befasst wie sie. Und wenn es wirklich etwas ist, worin wir uns zur Zeit befinden, warum sollten wir nicht wissen, was es ist?!

Die hochtrabende, jedoch ziemlich nichtssagende Erklärung des tierärztlichen Assistenten war die erste von vielen. Ich stellte fest, dass viele menschliche Wesen mit großer Selbstsicherheit und Autorität über Dinge reden, über die sie nie wirklich nachgedacht haben.

„ Schau nicht für eine Ewigkeit auf deine Uhr." So sprach einer der wortgewandten Kollegen meines Frauchens, ein Mann, der maßgeschneiderte Anzüge und seidene Tücher trug und mir Schokolade mitbrachte, die ich nie fressen durfte. Mein Frauchen mochte diesen Kommentar, aber sie überließ mir nie die Schokolade.

„ Was für eine Zeitverschwendung, über die Ewigkeit nachzudenken." Diese Äußerung eines Nachbarn, der Autos repariert und keine Hunde mag, beendete die Beziehung zu meinem Frauchen. Ich glaube jedoch nicht, dass er weiß, dass die Beziehung zu Ende ist. Obwohl er ein guter Automechaniker ist, behauptet mein Frauchen, er sei wohl schwer von Begriff.

Ich könnte weiter und weiter erzählen. Wie gesagt, ich war erstaunt über die Vielfalt der Antworten, die mein Frauchen in ihrer Befragung zusammentrug, um die Ewigkeit zu verstehen. Ihre

Suche zog sie tiefer und tiefer in einen Morast, wir Hunde würden sagen in den Sumpf. Stellen Sie sich vor, Sie stehen auf Treibsand und versuchen, herauszukommen. In so etwas hat die Umfrage mein Frauchen getrieben. Je mehr sie um Antworten kämpfte, desto tiefer geriet sie in die Zwickmühle.

Ich sehe mein Frauchen nicht gerne leiden. Was sie braucht ist eine bodenständige Antwort, die nur ein Hund geben kann. Ich wartete und wartete, bis mein Frauchen MICH zu einer Antwort auf ihre Frage aufforderte. Endlich, an einem strahlend schönen Frühlingsmorgen sah sie, noch bevor sie ihren Kaffee trank oder die Zeitung las, zu mir herunter und fragte: „Arnica, was glaubst du wie lang Ewigkeit dauert ?"

Ich richtete mich auf und wedelte freudig mit dem Schwanz. Ich hatte schon so lange auf diesen Augenblick gewartet.

„ Ganz einfach," antwortete ich, „ sie ist zweimal so lang wie die halbe Ewigkeit."

Mein Frauchen lachte, hob mich hoch und sagte : „ Du kleiner Aprilscherz."

MAI
Der goldene Hund der "Madres"

IM JAHR 2003 WURDE die ganze Genomsequenz des Menschen der Welt bekannt gegeben. Da das Leben mit einer einzigen Zelle beginnt, von der jede die gleiche DNA besitzt, war die nächste Frage naheliegend, wie diese Zellen sich in Gehirnzellen, Muskelzellen, Leberzellen, u.s.w. differenzieren. Welche Faktoren kontrollieren die Expression der Gene, ohne sie zu verändern? Nach der Veröffentlichung im Jahr 2003 begann in der wissenschaftlichen Welt ein Wettrennen, eine Bibliothek der Epigenome zu erstellen, d.h. aller Faktoren, die die Expression der Gene kontrollieren, ohne die DNA Sequenz zu verändern. Eine andere, sogar noch verlockendere Frage blieb ungelöst: Können erworbene Eigenschaften auf die nächste Generation übertragen werden? In dieser Geschichte ist es ein Hund, der ausschlaggebende Evidenz liefert, dass generationenübergreifende epigenetische Vererbung (nicht-genetische Übertragung auf zukünftige Abkömmlinge) tatsächlich stattfindet.

Buenos Aires, Argentinien

Analucia war der Nachwuchs einer morganatischen Verbindung zwischen einem Mischlingsvater und einer aristokratischen Mutter; es war eine Mesalliance in einer Welt, in der solche Verbindungen aus unterschiedlichen Herkünften missbilligt wurden. Vom ersten Atemzug an war Analucias Leben anders als das ihrer Wurfgeschwister. Analucia war der einzige Welpe in diesem Wurf, die dem Mischlingsvater glich. Während ihre Brüder und Schwestern blieben, wo sie geboren wurden, nämlich in einem wunderschönen Domizil in Recoleta, wurde Analucia, der einzige Mischlingswelpe, ihrer Mutter weggenommen und in einen nahegelegenen Park gebracht, wo sie ihrem Schicksal überlassen wurde.

Es war August, Winter in Buenos Aires, und Analucia war sehr hungrig und fror. Sie schlief ein und dachte, dass dieser Schlaf nicht enden würde und schon bald träumte sie von einem großen, weißen Vogel, der ihren kalten, kleinen Körper der warmen Sonne entgegen tragen würde. Aber als Analucia ihre Augen öffnete, wurde sie von zwei schwieligen, narbigen, derben, aber ach so warmen Händen gehalten. Sie erinnert sich nicht mehr an den ersten Tag bei ihrer Familie – nur, dass sie sehr hungrig war und fror und dass die Familie sie vor ihrem sicheren Tod gerettet hat.

Analucia wurde in ein kleines, dunkles, zeltähnliches Zuhause an einer zwielichtigen Straße getragen, wo es warme Milch gab, kleine Kinder sie auf dem Arm hielten und aus der Ferne Musik zu hören war. Analucia wurde von einer armen, aber glücklichen und zufriedenen Familie in San Telmo, einem Stadtteil von Buenos Aires, adoptiert. Hier lebte sie ein sorgenfreies Leben. Die Speisereste, die die Familie für sie aufhob, waren köstlich und reichlich und sie nahm an Gewicht zu. Sie wurde ein stattlicher, starker, hübscher Mischlingshund. Die Eltern waren tagsüber unterwegs, arbeiteten, verdienten den Lebensunterhalt. Analucia begleitete die Kinder in den Park und in die Schule oder schaute ihnen beim Spielen in der Nähe der winzigen Behausung zu. Da sie Luxus nicht kannte, glaubte Analucia, in einem noblen Schloss mit König und Königin, einer jungen Prinzessin und zwei Prinzen zu leben.

Das Leben war gut für Analucia und ihre Familie – zumindest bis zu diesem schrecklichen Tag im Jahr 1979. Der Vater war zur Arbeit gegangen und die Mutter ging ihren täglichen Pflichten nach und putzte das Haus. Es klopfte an der Tür und zwei große, schlanke Männer in Uniform kamen ins Haus. Die Soldaten redeten mit der Mutter. Analucia hörte zu; anfangs erschien es noch recht freundlich. Plötzlich änderte sich das allerdings. Die Mutter begann zu kreischen und die Gesichter der Männer nahmen einen grimmigen Ausdruck an. Die Mutter schrie und versuchte ihre Kinder festzuhalten, aber die Soldaten waren stärker als sie, rissen zwei der drei Kinder aus ihren Armen und rannten davon.

Analucia rannte ihnen bellend nach und schnappte nach ihnen. Sie biss einen der Soldaten ins Bein. Darauf trat er nach Analucia, worauf sie wie ein flügelloser Vogel durch die Luft flog und hart auf dem Betonboden landete. Analucia bemühte sich aufzustehen um ihre Verfolgung aufzunehmen, aber sie konnte eines ihrer Hinterbeine nicht belasten. Sie krümmte sich und schrie, als der Schmerz durch ihr Bein lief. Analucia hat noch nie solche Schmerzen erlebt. Sie konnte nicht laufen, sie konnte kaum stehen. Sie lag hilflos am Boden und beobachtete, wie die hysterisch-schreiende Mutter hinter den Soldaten herrannte, die zwei ihrer Kinder weggenommen hatten. Der Mann schubste die Kinder in ein Militärfahrzeug und verschwand.

Analucia beobachtete, wie die Mutter hinter dem Auto herlief, mit den Armen fuchtelnd, laut schreiend, was aber nichts half. Nach langer Zeit kehrte die Mutter ins Haus zurück. Analucia kroch nach Hause und legte sich neben sie, die in ihrem Schaukelstuhl saß. Sie schaukelte stundenlang mit leerem Blick. Bei Sonnenuntergang kam der Vater nach Hause. Als er seine Frau sah, wusste er, was passiert war. Er hatte von Freunden und Nachbarn schon ähnliche Geschichten gehört, aber er war schockiert, dass dies seiner Familie passieren konnte. Sie waren rechtschaffene Bürger, waren ehrliche, hart arbeitende Leute. Sie fügten niemandem ein Leid zu.

Von dieser Zeit an war das Leben anders. Kein Lachen mehr im Haus, nur noch traurige Gesichter. Der kleine Junge, der zurückgeblieben war, spielte nicht mehr vor der Tür oder im Park. Analucia fühlte sich schuldig. Vielleicht ist alles ihre Schuld gewesen? Warum hat sie die Soldaten nicht daran hindern können, die zwei Kinder mitzunehmen? Sie waren bewaffnet.

Analucia vermisste die Kinder, sie vermisste ihren Geruch, ihre Streicheleinheiten, ihre Liebkosungen und bei ihnen zu schlafen. Analucias einziger Lichtblick, ihr einziger Trost war, dass die trauernde Mutter alle in dem kleinen Haus verstreuten Kleidungsstücke der Kinder genau dort liegen ließ, wo diese sie verstreut hatten. Sie wusch auch nicht die Kleidung der verschollenen Kinder. Die Mutter wollte, dass das Haus so blieb, wie es war, als sie noch eine glückliche Familie waren.

Wie jede Mutter liebte es auch Analucia, von den Sachen der Kinder umgeben zu sein. Analucia saß neben ihren Spielsachen und sie liebte es besonders, auf ihren Sachen zu liegen. Der Geruch der entführten Kinder war noch stark bei Analucia vorhanden. Und ihr Frauchen räumte nie die wohltuend-riechenden Kleider der verschwundenen Kinder weg.

Jahre vergingen. Analucia wurde älter. Der einzige Sohn der Familie wuchs zu einem jungen Mann heran. Er spielte nicht mehr mit Analucia. Eines Tages beschloss Analucia, in den Park zu gehen, in dem die Kinder normalerweise gespielt hatten, als sie noch zu dritt in der Familie waren. Analucia hoffte, den Geruch der entführten Kinder aufnehmen zu können, einen Geruch, den sie niemals vergessen hatte, obwohl nur noch ein paar verschlissene Stücke der Kinderkleidung in ihrem Bett geblieben waren.

Analucia war eine gute Fährtensucherin (eine Eigenschaft, die sie von ihrem Vater, dem Mischling, geerbt hatte), aber sie konnte den Geruch der Kinder nicht aufnehmen. Nachdem Analucia eine Stunde im Park gesessen war, wendetet sie sich ab und hinkte nach Hause. Sie dachte an nichts Besonderes, als ein gutaussehender Hund in ihrem Augenwinkel auftauchte. Er näherte sich Analucia. Sie war läufig und es machte ihr nichts aus, dass dieser Rüde sich an sie heranmachte. Analucias schlechte Stimmung besserte sich. Er war ein schöner Hund. Analucia wusste, er könnte ihr behilflich sein, ansehnliche, stattliche Welpen zu bekommen. Analucia und der Rüde wurden ein Liebespaar, wenigstens für kurze Zeit. Analucia hatte diese Art von Liebe noch nie erfahren.

Analucia kehrte in das Haus ihrer Familie zurück, teils mit Schuldgefühlen, aber auch glücklich. Am nächsten Tag kehrte sie mit großen Erwartungen in den Park zurück, aber der gutaussehende Hund war nicht da. Eigentlich stellte sie fest, dass jene Gefühle, die sie für ihn gehabt hatte, schon abflauten. Als Analucia wieder nach Hause streifte, wunderte sie sich, dass Menschen für Monate, ja Jahre zusammen bleiben können.

Kurz darauf hatte Analucia nicht mehr den Wunsch, aus dem Haus zu gehen und an den Rüden dachte sie nicht mehr. Sie wollte nur noch zu Hause bleiben, fressen, schlafen. Das Gehen fiel ihr schwerer und wurde lästig, und, obwohl Analucia nicht mehr fraß als zuvor, nahm sie an Gewicht zu und wurde rundlich. Sie fühlte Bewegungen in ihrem Körper, ein Drehen und Wenden. Analucia war glücklich. Sie protestierte nicht einmal, als ihr Frauchen die Überreste der Kleidungsstücke der verschwundenen Kinder entfernte und durch saubere Lumpen ersetzte.

An einem strahlenden Morgen brachte Analucia drei Geschöpfe zur Welt, zwei Weibchen und einen Rüden. Aber ach, die Weibchen bewegten sich nicht und so viel Analucia auch leckte, sie konnte den kleinen, feuchten Körpern keinen Atem einhauchen. Aber der Rüde war stark und wedelte sofort mit dem Schwanz und suchte nach Analucias Brust. Er wurde von der ganzen Familie freundlich aufgenommen und brachte neues Leben ins Haus.

Die Familie nannte Analucias Welpen Lito, die Kurzform von Rafael. Analucia säugte ihn mit großer Zuneigung und er wuchs zu einem attraktiven Hund heran, der überall hin mitgenommen wurde, genau wie Analucia, als sie noch jünger war. Während Lito gedieh, wurde Analucia immer schwächer. Mit zunehmendem Alter verbrachte sie die meiste Zeit schlafend in ihrem Bett, das sie mit Lito teilte.

Lito mochte es besonders, die Mutter der Familie jede Woche in die Stadt zu begleiten. Sie versammelte sich mit anderen Frauen auf der *Plaza de Mayo*. Alle dieser Frauen trugen ein weißes Tuch auf dem Kopf, stellten sich in einer Reihe auf, trugen ein Banner und wanderten um ein Denkmal herum. In den ersten Monaten auf der Plaza wurde Lito unter Mutters Jacke versteckt, damit er nicht getreten wurde oder verloren ging.

Analucia starb mitten in einer Nacht. Lito verabschiedete sich von seiner Mutter, dann wurde ihr Körper beseitigt. Das Leben in der Familie nahm weiter seinen normalen Lauf. Lito war nun ein großer, stattlicher Hund und er ging stolz voran an der Spitze der sogenannten *Madres der Plaza de Mayo*. Lito verstand nicht ganz den Zweck dieser Zusammenkünfte auf der Plaza, aber die Frauen, alle Mütter, schienen ein gemeinsames, trauriges Schicksal zu haben. Sie wollten die Leute von Buenos Aires an ein Geschehnis erinnern, das sich vor vielen Jahren ereignet hatte, ein Vorkommnis aus der Zeit, als Litos Mutter Analucia ein junger Hund war.

Eines Tages weckte ein bekannter Geruch auf der Plaza Litos Interesse. Lito, der nun immer an der Spitze der Madres ging, entfernte sich von den Reihen der Frauen und folgte einem Geruch, der von einer Gruppe von Menschen am Rand der Plaza ausging. Der Geruch nahm an Intensität zu. Lito folgte ihm zu einem jungen Mann. Die Madres beobachteten Lito und als er vor einem jungen Mann hielt, kam ihr langsames, rhythmisches Gehen zum Stillstand. Lito hatte nie zuvor die Reihe verlassen, nie etwas Ähnliches getan.

Litos Frauchen entfernte sich von den Madres und folgte ihm. Sie rannte, bis sie ihn atemlos und entsetzt einholte. Sie kam neben Lito vor einem jungen Mann zum stehen und sah ihm ins Gesicht. Sie sah es sich ganz genau an. Ein Gefühl überkam Litos Frauchen, eines, das in ihrem Herzen für viele Jahre verschüttet war. Sie sagte: „Er sieht genauso aus wie mein Ehemann, als er jung war."

Lito sprang an dem jungen Mann hoch und leckte ihn. Lito hatte das Gefühl, als hätte er diesen jungen Mann schon sein ganzes Leben gekannt. Auch die Mutter fühlte, dass sich in ihrem Inneren etwas sehr Magisches abspielte. Sie kannte diesen jungen Mann. Auch er fühlte dasselbe.

Langsam fand Litos Frauchen wieder Worte. Man sprach miteinander. Wer bist du? Warum bist du hier? Wie alt bist du? Wo bist du aufgewachsen? Der junge Mann sagte, dass er und seine

Schwester, die an diesem Tag nicht mit ihm auf der Plaza war, in einer Militärsfamilie aufgewachsen seien. Sie wussten, dass sie adoptiert worden waren. Und jetzt, da sie kurz davor standen, selbst Familien zu gründen, wollten die Geschwister versuchen, ihre leiblichen Eltern zu finden. Bis jetzt allerdings vergeblich.

Es ist das Jahr 2010 und seit dem schrecklichen Tag, als die Kinder des Frauchens entführt worden waren, ist viel Zeit vergangen. Viel hat sich in Litos kleiner Welt ereignet. Doch dieser Moment auf der Plaza veränderte das Leben der Familie und die des kleinen Lito.

Dieser außergewöhnliche, scheinbar unbedeutende Vorfall zwischen dem Hund und dem jungen Mann, sowie die Geschichte der anonymen Madres auf der *Plaza de Mayo*, wurde von einem Reporter aufgegriffen und in der größten Tageszeitung der Stadt veröffentlicht. Und schneller, als Lito es verstehen konnte, änderte sich das Leben rund um seine Familie. Eine DNA-Analyse wurde angefertigt, die bewies, dass der junge Mann tatsächlich seine biologische Mutter gefunden hatte. Und die Wissenschaftler zeigten reges Interesse. Wie war der Hund in der Lage, den Sohn seines Frauchens zu identifizieren? Der Hund lebte noch nicht, als der Sohn seines Frauchens aus dem Haus der Familie entführt wurde. Und der gekidnappte Sohn konnte sich nicht mehr an seine Mutter erinnern.

Endlich kam eine plausible Erklärung von einer renommierten Wissenschaftlerin, Dr. Evita Appleton, die in einem fernen Land auf einem anderen Kontinent lebt. Dr. Appleton flog nach Buenos Aires, um Lito zu treffen. Sie erklärte, dass der Geruch der verschwundenen Kinder die Entwicklung von Litos Gehirn beeinflusst hat, obwohl deren Kleidungsstücke vor Litos Geburt entfernt worden waren. Weil Litos Mutter Analucia jahrelang niemandem in der Familie erlaubt hatte, die Kleidungsstücke der gekidnappten Kinder zu entfernen, war Lito als Embryo diesem Geruch ausgesetzt. Der Geruch dieser Kinder ist von Analucia an ihren Welpen Lito im Mutterleib weitergegeben worden. Noch bevor Dr. Appleton Lito und seine Familie untersucht hatte, hat sie dies „generationenübergreifende epigenetische Vererbung" genannt.

Ohne Wissen Litos hat Dr. Appleton vor ihrer Abreise aus Argentinien darum gebeten, dass ihr, wenn Lito sich anschickt, in den Hundehimmel zu reisen, sein Gehirn zu Studienzwecken überlassen wird. Lito wäre wahrscheinlich stolz darauf gewesen, dass sein Gehirn für die Wissenschaft von so großer Bedeutung ist. Aber Lito weiß nichts von seinem zukünftigen Schicksal.

Manchmal ist es besser, nicht alles zu wissen. Wie schon ein altes Sprichwort sagt: „Reden ist Silber, Schweigen ist Gold."

Ob jetzt oder in Zukunft, hat man auf der *Plaza de Mayo* Lito in Erinnerung als „Goldenen Hund."

JUNI
Der alte Pekka und der
verzweifelte Vogel

IN FINNLAND NAHM ICH EINMAL im Monat Juni an einer Konferenz teil, zu einer Jahreszeit, in der es in diesem Teil der Welt nie ganz dunkel wird. Während das meinen Schlaf nicht gestört hatte, weil ich die Vorhänge schließen und mein Hotelzimmer abdunkeln konnte, konnten dies die Vögel vor meinem Fenster nicht. Unfähig zu schlafen zwitscherten sie die ganze Nacht. Das fröhliche Gezwitscher steigerte sich bald in ein Gekreische. Ich machte mir Gedanken, wie wohl die Vögel in skandinavischen Ländern die Zeit dieses endlosen Tageslichts überständen.

Rauma, Finnland

Der alte Pekka ist zu müde, um seinen Kopf zu heben. In der Sprache seines Herrchens, in finnisch, bedeutet Pekka ‚Felsen'. Heute fragt sich Pekka, ob er sich vielleicht wie ein Felsen verhalten und sich an einer Stelle für immer niederlassen sollte? Obwohl es für Pekka sehr schwer ist, so weit zu laufen, geht er immer noch jeden Morgen über die Felder zum Meer, in der Hoffnung, dass sein Herrchen von einem nächtlichen Fischzug heimkehrt.

Natürlich kam sein Herrchen bei Tagesanbruch nicht zurück, wenn all die anderen Fischer ihren Fang einbrachten. Pekkas Herrchen ist seit Jahren nicht mehr mit den anderen Fischern zurückgekommen. Bei Pekka kommen tiefe Gefühle hoch, wenn er an die guten alten Tage denkt, als er mit seinem Herrchen vor Sonnenaufgang mit dem Boot hinausfuhr. Er hofft noch immer, dass sein Herrchen eines Tages zurückkommen und ihn auffordern wird, ihn wieder zu begleiten. Das gibt Pekka die Energie, jeden Morgen den Weg zur Küste zurückzulegen.

Es kommt Pekka in den Sinn, dass, wenn sein Herrchen zurückkäme, es zu spät für ihn sein könnte. Pekka ist nicht mehr der starke, muskulöse Hund, der mit seinem Herrchen auf das Meer hinausfuhr. Sein gichtkranker Körper müsste ins Boot seines Herrchens und auch wieder herausgehoben werden, und er hatte bei hohem Wellengang schwere Gleichgewichtsstörungen. Würde allein seine Gesellschaft genügen um seinem Herrchen Freude zu bereiten?

Pekka trottet langsam vom Meer zurück zu seinem bescheidenen Haus, in dem die Kinder seines Herrchens wohnen. Sie behandeln ihn gut. Sie füttern ihn gut und haben für ihn eine gemütliche Hütte unter dem Lindenbaum in einer Ecke des Gartens gebaut. Pekka führt ein angenehmes, aber zurückgezogenes Leben. Er wird nicht gebraucht. Er wird nicht wirklich geliebt.

Obwohl es Tag und Nacht hell ist, hält sich Pekka immer an dieselbe Zeit für seine Spaziergänge und Schläfchen. Er liebt diese Zeit des Jahres. Ganz gleich wie alt er ist oder wie müde, die langen Tage im Juni bringen es immer fertig, dass seine Stimmung steigt. Nachdem Pekka von seinem üblichen Gang an die Küste zurückgekehrt ist, kriecht er in seine Hütte, macht es sich auf seinem bequemen Bett gemütlich und seufzt tief. Sein Körper sehnt sich nach einem langen Mittagsschläfchen. Gerade als seine Muskeln und Knochen sich völlig entspannt einem tiefen Schlaf hingeben wollen, hört Pekka eine Stimme, eine lästige, piepsige Stimme, die von der Krone des Lindenbaumes in der Nähe seiner Hütte kommt.

Die dünne Stimme wiederholt immer wieder dieselben Worte: „Schrecklich, schrecklich, ach wie schrecklich."

Pekka öffnet widerwillig seine Augen und hebt seinen schweren Kopf. Wer will ihn da im Schlaf stören, einer der wenigen, noch gebliebenen Freuden in seinem Hundeleben? Pekka freute sich auf seinen Lieblingstraum, in dem er hinter irgendetwas herläuft wie ein Windhund – dieser Hund mit den Beinen wie ein Pferd und einem langgestreckten, schlanken Körper, der für endlose Verfolgungsjagden gemacht ist. Pekka weiß nicht genau, was er in seinem Traum verfolgt – nur dass es etwas Wundervolles ist und dass er sehr schnell läuft und nicht ermüdet. Nach diesem Traum wacht Pekka immer erfrischt und energiegeladen auf.

Nur mit großem Widerwillen verwirft Pekka seinen Gedanken an ein bevorstehendes Nickerchen, öffnet seine Augen und sucht nach der Herkunft dieser quietschenden Stimme. Vor der Tür seiner Hütte schaut er nach oben und macht einen kleinen Vogel ausfindig, der auf einem dünnen Ast in der Nähe der Baumkrone herumzappelt. Der Vogel murmelt unaufhörlich mit bekümmerter Stimme dieselben Worte: „Schrecklich, schrecklich, ach wie schrecklich."

Pekka steht unter dem Baum und ruft dem Vogel zu: „Halt dich fest und schlaf ein. Oder such dir einen anderen Baum. Du störst meinen Mittagsschlaf."

Der Vogel unterbricht sein monotones Selbstgespräch und blickt prüfend auf Pekka herab, der an der Schwelle seiner Hundehütte steht.

„Für dich ist das einfach, du bist ein Hund," sagt der Vogel. „Du kannst an jedem Ort schlafen, zu jeder Zeit, Tag und Nacht.

Schon seit Tagen hat es keine Nacht mehr gegeben. Ich brauche die Dunkelheit, um meine Augen zu schließen. Ich kann bald nicht mehr; ich bin am Ende."

Der Vogel kommt auf dem Ast zum Taumeln und schlägt mit den Flügeln, um das Gleichgewicht zu halten. Pekka kann erkennen, dass der Vogel keine Hoffnung mehr hat.

„Ich werde sterben, wenn nicht bald wieder Dunkelheit herrscht," fährt der Vogel fort.

Pekka schaut zu dem Vogel hinauf und fragt „Wie heißt du, Vogel""

„Ich heiße Sinichka," entgegnet der Vogel.

„Du bist nicht von hier" fragt Pekka.

„Nein, ich bin von Weißrussland, wo die Sonne untergeht, auch im Sommer. Warum bin ich nur hierher gekommen, um hier zu leben? Schrecklich, schrecklich, wie schrecklich!"

Pekka denkt einen Augenblick nach. „Warum fliegst du dann nicht zurück in deine Heimat nach Weißrussland, wenn es Dir hier nicht passt, Sinichka?"

„Weil es dort gottserbärmlich ist, schrecklich!" Sinichka ordnet ihre Federn und hebt erschöpft ihre Flügel. „Ich will nicht zurück fliegen. Ich bevorzuge hier zu leben."

„Dann mach einfach die Augen zu," schlug Pekka vor, „mit geschlossenen Augen wird es dunkel sein. So mache ich es auch."

„Was für ein entsetzlicher Einfaltspinsel! Weißt du nicht, dass dies zwar bei Hunden, aber nicht bei Vögeln wirkt?" Sinichka regte sich derartig auf, dass sie fast vom Ast fiel. „Schrecklich, schrecklich, ach wie schrecklich!"

Pekka tat die verzweifelte Sinichka, die nicht schlafen konnte, leid. Er setzte sich auf die Schwelle seiner Hütte und dachte über das Wort „Einfaltspinsel" nach. Pekka denkt fälschlicherweise, dass ein Einfaltspinsel jemand ist, dem etwas einfällt, der Probleme lösen kann. Wenn Pekka ein Einfaltspinsel ist, dann sollte er imstande sein Sinichkas Problem zu lösen. Pekka sah seine Möglichkeit, eine gute Tat zu vollbringen, nützlich zu sein – etwas, was er schon lange nicht mehr gewesen ist. Vielleicht kann er dem verzweifelten Vogel beim Einschlafen helfen und dann konnte auch er schlafen.

Pekka dachte angestrengt nach, bis er sich an ein wunderbares Mittagsschläfchen vor langer, langer Zeit erinnerte. Damals ist er seinem Herrchen an einem heißen, skandinavischen Sommertag in eine Höhle gefolgt. Die Sonne schien unerbittlich und sein Herrchen hatte Perlen auf der Stirne und war durstig. In der Höhle war es kühl, dunkel und feucht. Herrchen sagte zu Pekka, er solle sich hinlegen und schlafen. Herrchen selber lehnte sich an die Höhlenwand an und schlummerte auch ein. Pekka legte sich neben sein Herrchen und sie schliefen eine lange Zeit in der kühlen Höhle oberhalb des Meeres. Es war himmlisch.

Pekka würde dieses wundervolle Gefühl beim Mittagsschläfchen beschreiben und Sinichka, der Vogel aus Weißrussland, sollte einschlafen.

„Woran ich mich am besten erinnere, ist die Dunkelheit," begann Pekka seine Geschichte. „Es war dunkel, eine dunkle Höhle in der Nähe des Meeres..."

Während Pekka sich an den wundervollen Sommernachmittag erinnerte, wurde seine Stimme ganz sanft. Bald schlief er ein.

„Schrecklich, schrecklich, ach wie schrecklich," kreischte Sinichka von ihrem Baum herunter. „Was für ein entsetzlicher Einfaltspinsel!"

Pekka, durch den Lärm des Vogels aufgeschreckt, wachte wieder auf und setzte seine Geschichte fort. „Ja, wo waren wir eigentlich? Oh ja, in der dunklen Höhle."

„Halt!" rief Sinichka. „Ich kann nicht einschlafen, wenn ich an eine kalte, feuchte Höhle denke, wo hässliche Kreaturen von der Decke herunter hängen, gottserbärmliche Dinge, die für jeden in der geflügelten Welt eine Schande sind!"

Pekka entschuldigt sich bei dem Vogel. Er begann zu verstehen, dass es gar nicht so einfach ist ein Problem zu lösen. Nachdem Pekka aufgestanden war und seinen alten Körper geschüttelt hatte, setzte er sich wieder hin, ruhte sich aus und war bereit, seine herausfordernde, aber lohnende Aufgabe noch einmal von vorne zu beginnen.

Pekka versuchte es mit einer zweiten Geschichte: „Es war einmal ein weißer Vogel mit goldenen Flügeln. Die Flügel waren etwas ganz Besonderes, sie ermüdeten nie. Das Leittier des Vogelschwarms, Fredson, stellte ziemlich bald fest, dass dieses besondere Mitglied seines Schwarms einzigartig war. Fredson war ein guter Anführer und er verstand, dass diese besonderen Flügel des weißen Vogels möglicherweise dem gesamten Schwarm von Vorteil sein könnten. Fredson ist ursprünglich aus einem anderen Land gekommen. Er hatte von einem weit entfernten Planeten gehört, den man nur nachts sehen kann. Dieser Planet wurde in einigen Ländern *La Luna* genannt, in anderen Mond. Fredson hatte gehört, dass *La Luna* mit Gold gefüllt sein soll. Er hatte auch gehört, dass der Bewacher des Goldes, von einigen der Mann im Mond genannt, den Schatz nur dann bewachte, wenn Vollmond war. Fredson beschloss, den Vogel mit den goldenen Flügeln zum Mond zu schicken, um

das Gold zu stehlen. Er entscheidet, den weißen Vogel dann los-
fliegen zu lassen, wenn der Mond am kleinsten war."

„Fredson erklärte dem weißen Vogel mit den goldenen Flügeln
die Aufgabe. Als der Mond am weitesten davon entfernt war, voll
zu leuchten, fing der weiße Vogel seine Reise zum Mond an. Er
flog und flog. Er flog sehr weit, sehr weit, sehr weit, doch der weiße
Vogel wurde niemals müde, müde, müde,..."

Pekka fiel in einen gesunden Schlaf. Nach einem kurzen, erhol-
samen Schlaf wachte Pekka wieder auf.

„Wo waren wir? Oh ja, der Vogel mit den goldenen Flügeln."

„Schrecklich, schrecklich, ach wie schrecklich!" Sinichka war
noch mehr außer sich als vor Pekkas Nickerchen. "Wie soll ich
schlafen können, wenn ich solch gottserbärmlichen Unsinn höre?
Wie kann *La Luna* einen Bewacher haben, der der Mann im Mond
genannt wird? Wie kann der Mond an einem Tag zunehmen, an anderen abnehmen, einen Tag da sein, am anderen nicht? Was für ein
Unsinn! Ich werde nie mehr schlafen können! Es ist hoffnungslos.
Ich sollte dir Einfaltspinsel nicht mehr zuhören! Hör auf! Hör auf!"

Pekka legt sich auf der Türschwelle nieder und legte seinen
schweren Kopf auf seine alten Pfoten. Er war völlig entmutigt.
Wenn nur der verzweifelte kleine Vogel etwas mehr Geduld gezeigt
hätte, wäre er sicherlich eingeschlafen. Wenn es Pekka gelungen
wäre, die Geschichte zu Ende zu erzählen, nämlich, dass der weiße
Vogel mit den goldenen Flügeln auf die andere Seite des Mondes
geflogen ist, wo es die ganze Zeit über dunkel wie die Nacht ist,
wäre Sinichka sicherlich eingeschlafen.

Sinichka spazierte auf ihrem Ast vor und zurück und sang ihre
verzweifelten Worte. Pekka fühlte seinen Misserfolg und zog sich

in seine Hütte zurück. Niemals zuvor war er so deprimiert und hat sich so alt gefühlt. Pekka stöhnte und seufzte, ächzte und lamentierte. Er konnte nicht schlafen. Er drehte und wendet sich auf seinen Decken, seufzte und stöhnte noch einmal und drehte sich wiederum um. Es war ein verzweifelter Laut – Pekka war unfähig, in seiner Hütte Schlaf zu finden.

Sinichka konnte Pekkas schlafloses, ruheloses Herumwälzen hören. Pekka hatte sonst nie Probleme zu schlafen. Das tat dem Vogel leid und er fühlte sich wegen seines groben, unhöflichen Verhaltens schuldig, als wäre der alte Hund verantwortlich für seine Probleme.

„Ich muss dieses freundliche, sanftmütige Wesen trösten," dachte Sinichka. Anstatt ihre verzweifelten Worte zu singen rief sie zu Pekka herunter: „He, Hund, es tut mir leid."

Keine Antwort. Sinichka flog von ihrem Ast herunter vor den Eingang der Hundehütte. Der Hund bewegte sich nicht, sondern schmollte und drehte seinen alten knochigen Rücken dem Eingang zu.

„Ich würde gerne mit dir reden," sagte der Vogel freundlich. „Dreh dich um."

Keine Antwort. Sinichka musste sich etwas Besseres überlegen. Sie hüpfte durch die Tür hinein in die Hundehütte, über den Hund und in die entfernteste Ecke. Nachdem sich Sinichkas Augen an die Dunkelheit gewöhnt hatten wagte sie sich näher an Pekka heran. Zu Sinichkas Überraschung rollte eine Träne aus Pekkas Auge.

„Was habe ich nur getan?" dachte der Vogel. „Ich bin ein undankbares, gefühlloses Geschöpf."

Sinichka sah sich in Pekkas Hütte um. Darin war nichts Beängstigendes. Der Vogel hatte sich nie so sicher und warm gefühlt und so müde, seit er das Nest seiner Eltern vor langer Zeit verlassen hatte.

„Wie heißt du, Hund?" frage Sinichka.

„Pekka."

„Pekka, du hast ein wunderbares Zuhause. Darf ich es mit dir teilen?"

Pekka rollte seinen alten Körper zur Seite und machte Platz für den Vogel. Und Sinichka, der Vogel aus Weißrussland, kuschelte sich an den struppigen, warmen, alten Pekka und schlief schnell ein. Er begann sogar zu schnarchen – nur ein sanftes Vogelschnarchen, was Musik in Pekkas Ohren war. Pekka fühlte, dass er einnicken würde und er fühlte, dass er seinen Lieblingstraum träumen würde, den Traum vom unaufhörlichen Laufen. Aber bevor er einschlief, merkte Pekka, dass ihm eine weiter Träne über die Nase rollte. Es war eine Freudenträne. Nicht einmal in seinen Träumen hatte der alte Pekka gehofft, dass er noch einmal so gebraucht würde. Er fühlte sich wieder geliebt und glücklich.

JULI
Wahl zwischen zwei Gefahren

So WEIT ICH MICH zurück erinnere, habe ich Musik geliebt, besonders Opern. Im Alter von elf Jahren schloss ich mich in meinem Zimmer ein, um Wagner Opern zu hören, die aus Bayreuth übertragen wurden. Die Störungen in meinem kleinen Transistorradio waren nur ein geringfügiges Ärgernis, gemessen an dem Genuss, den mir die Musik bereitet hat.

Jeder, der den „Ring der Nibelungen" gesehen oder gehört hat, kennt das absurde Benehmen von Göttern, Helden und mythischen Gestalten in Opern. Es kam mir in den Sinn, dass mein Hund, der diese Opern mit mir erträgt, keine Rachegefühle kennt, keine Vergeltung oder Heimzahlung – ein Thema, das sich durch den ganzen Ring zieht. Von Wagner ist bekannt, dass er sehr an seinen Haustieren gehangen ist. Russ, sein Neufundländer, ist neben dem Komponisten begraben und war vermutlich der einzige Kritiker, den Wagner schätzte; und Peps, einem Streuner, den der Komponist in Riga aufgelesen hat, wird nachgesagt, er habe Wagner geholfen, den „Tannhäuser" zu komponieren.

Wagners Geschichten sind voll von Rache, aber ich glaube nicht, dass Wagner jemals Hunde in irgendeine seiner Opern eingebaut hat. Deshalb wenden wir uns für unsere Hundegeschichte über Rache lieber dem griechischen Mythos Skylla zu.

Straße von Messina, Italien

Mein Frauchen liebt es, mir an langen Juliabenden Geschichten vorzulesen. Ich höre zu, aber ich verstehe nicht immer alles. Oft ist mir langweilig und ich döse ein wenig, selbst wenn sie fortfährt mir vorzulesen. Ich lasse es sie nicht wissen, dass ich gelangweilt bin oder einnicke. Ich sitze neben ihr, mein Kopf ruht auf ihren Füßen oder in ihrem Schoss. Ich vermute, dass es meinem Frauchen hilft, wenn sie mir vorliest und mit mir über Dinge, die ihr gerade durch den Kopf gehen, (Menschen denken viel) grübelt.

Sie stellt mir Fragen – viele Fragen. Sie stellt keine leichten Fragen (sie weiß, wie intelligent Hunde sind). Zum Beispiel fragte mich mein Frauchen neulich nach Gott: Was ist Gott, wo ist Gott und wie sieht er aus? Sie fragte mich, ob es mehr als einen Gott gäbe. Passt Er (falls er ein Er ist) auf uns alle auf? Auf dich, auf mich, auf alle Tiere und Pflanzen? Ist Gott immer gut oder kann Er auch böse sein? Kann man sich einen Gott aussuchen oder bleiben wir bei dem Gott (oder Göttern) hängen, der Teil der Kultur ist, in der wir aufgewachsen sind und leben? Sie fragte mich sogar, wer Gott erschaffen habe.

Ich schaute mein Frauchen an, als sie mir diese Fragen stellte und gab vor, wenigstens einige der Antworten zu wissen. Meine Klugheit, ob vorhanden oder auch nicht, muss ihr irgendwie übermittelt worden sein (vielleicht durch meine freundlichen Augen), denn nachdem sie eine Weile mit mir geredet hatte, sah sie üblicherweise ziemlich zufrieden aus. Sie streichelt mich und dankt mir dafür, so ein guter Gefährte zu sein. Und dann steht sie auf und setzt ihre tägliche Routine fort, steigt in ihr Auto um Besorgungen zu machen oder Freunde zu besuchen. Ich vermute, mein Frauchen hat zumindest die Antworten auf einige ihrer Fragen gefunden. Sie ahnt kaum, dass ich nach diesen Gesprächen ziemlich verwirrt und verblüfft bin wegen der Komplexität menschlichen Handelns. Und wenn ich dann allein zu Hause bin, habe ich nichts, um mich abzulenken und plage mich mit Geschichten herum, grüble über viele Ideen nach und kaue wie besessen (weil ich ein Hund bin) an den Fragen herum, die mein Frauchen mit mir geteilt hat.

Zum Beispiel wurden mir beunruhigende Geschichten über Götter erzählt, die auf der ganzen Welt, in diversen Orten aufgetaucht sind (in Hundesprache ‚aufgespürt' wurden) oder besser sich entwickelten, wie z.B. in Griechenland, in Rom, in der nordischen Welt, in Ägypten, Indien, China und Japan. Ich bin sicher, ich habe da Länder und Kontinente ausgelassen. Viele dieser Götter sind grausam; sie fügen anderen Göttern Leid zu, ihren eigenen Frauen, ihren Kindern und allen Sterblichen, alle Arten von beträchtlichen, gewaltsamen Verbrechen: Mord, Inzest, Ehebruch, Entführung und sogar Kannibalismus. Wir Hunde wissen was gut oder schlecht ist, richtig oder falsch. Wir verstehen auch Vergebung (wie sonst hätten wir mit Menschen so viele, viele Jahrhunderte zusammen leben können?). Aber es gibt Reaktionen unter den Menschen, die wir Hunde nicht verstehen können, z.B. Rache.

Das erinnert mich an das Ende einer Geschichte, die mein Frauchen mir vorgelesen hat: „Rache ist, einen Hund zu beißen, weil er dich gebissen hat." Sie sagte, das sei die Moral der Geschichte. Aber weil ich die Rache nicht verstehe, verstehe ich auch nicht ganz die Moral. Nachdem ich einen Sommernachmittag über die Moral nachgedacht hatte, sagte ich mir, rate mal, wer hier der Dummkopf ist? Nicht der Hund. Aber ich schweife ab.

Ich möchte meinem Frauchen Freude bereiten und höre deshalb gut zu, wenn sie mir laut vorliest und mit mir spricht. Ich bin ein guter Zuhörer, aber manchmal bin ich etwas überfordert. Mein Frauchen hat versucht mir zu erklären, was es bedeutet sich zwischen Skylla und Charybdis zu befinden, oder wie es englisch heißt 'between a rock and a hard place'. Angeblich ist es eine Situation, in der man sich zwischen zwei Gefahren befindet. Weicht man der einen Gefahr aus, begibt man sich in die andere. Es gilt den Weg zwischen zwei Verhängnissen zu finden. Nur an Hand der folgenden Geschichte verstehe ich das Ganze und ich werde diesen griechischen Mythos, wie mein Frauchen diese Geschichte nennt, mit meinen hündischen Gefährten teilen, weil, obwohl es eine Geschichte für Menschen ist, die Hunde die Helden sind.

Im alten Griechenland gab es eine jugendliche Schönheit mit dem Namen Skylla. Sie war die Tochter des Flussgottes Krataiis. (In griechischer Mythologie passieren seltsame Dinge.) Glaukos, der Gott der Meere, war verliebt in Skylla. Aber, ach, (mein Frauchen sagt „ach", wenn sie mir griechische Mythen erzählt) eine andere Göttin, eine Hexe namens Circe, liebte Glaukos. Circe wollte Glaukos für sich gewinnen; sie wollte, dass er sie und nicht Skylla liebt. Aber Glaukos verschmähte Circe, was heißt, er erwiderte ihre Liebe nicht. Dies verletzte und demütigte Circe und in entrüsteter, eifersüchtiger Wut vergiftete sie das Meer, in dem Skylla gerne badete. Als Skylla durch das vergiftete Meerwasser watete, wurden ihre wohlgeformten Beine und ihr Unterkörper in sechs abscheuliche Hundeköpfe und zwölf Hundebeine umgeformt.

Die einst wunderschöne und liebliche Skylla ist nun ein furchterregendes Meeresungeheuer. Abscheulich kläffend flüchtete sie auf ihren zwölf Hundebeinen aus dem Meer, das sie einmal so geliebt hatte. Das hässliche Monster Skylla zog sich in eine Höhle auf einer Seite der Straße von Messina zwischen Kalabrien und Sizilien zurück. Von diesem felsigen Sitzplatz herunter ließ Skylla ihre Wut und ihren Hass aus und dachte an Rache.

Auf der anderen Seite der Straße von Messina war ein zweites Meeresungeheuer, Charybdis genannt. Charybdis hatte ein klaffendes Maul. Wenn Charybdis tief einatmete, rief ihr schreckliches Maul riesige, gefährliche Strudel im Meer hervor.

Skylla und Charybdis, die von Gottheiten in Meeresmonster verwandelt wurden, stellten für Seefahrer und Boote, die die Straße von Messina befuhren, eine zweifache Gefahr dar. Wenn ein Boot zu nahe an Charybdis herankam, wurde es zerstört und der Seefahrer ertrank in Charybdis' gewaltigem Sog. Wenn ein Seefahrer versuchte, Charybdis' mächtigen Wasserwirbeln zu entkommen und sein Boot nahe an die felsigen Klippen von Skylla steuerte, auf denen sie lauerte, war er in Skyllas rachsüchtigen Armen gefangen und wurde von den Hunden gefressen, die Skyllas Unterkörper waren.

„Sie mussten zwischen ‚a rock and a hard place' wählen," sagte mein Frauchen. „Wie man sieht, gab es keine gute Wahl. Was immer sie entschieden, die Seeleute waren verloren."

Der griechische Held Odysseus, dessen zehnjährige Irrfahrt in Homers *Ilias* geschildert ist, verlor sechs seiner Seemänner an die grausamen Kiefer von Skyllas sechs Hunden, obwohl er von Circe vor Skyllas Zorn gewarnt worden war.

Jahre nachdem Skyllas Wut sich auf die Seeleute gerichtet hatte, die die Straße von Messina passierten, verlor einer der Hunde, den wir heute als Calliah in Erinnerung haben, seinen Appetit und die Lust daran, unschuldige Seeleute zu fressen. Heutzutage gibt man Hunden mit einer bewundernswerten Seele den Namen Calliah. Im alten Griechenland war Calliah nur der Name für einen von Skyllas sechs Hundeköpfen. Calliah war hässlich, aber schlau. Und ihre Seele, versteckt in einem hässlichen Körper, war wunderschön.

Die vielen ruhigen, ereignislosen Tage, wenn sich kein Seemann und kein Schiff in die Nähe von Skyllas Felsen verirrte, gaben Calliah die Möglichkeit über Circes Eifersucht und Skyllas Rache nachzudenken. Obwohl alle Hunde wissen was Eifersucht ist, wissen sie nichts über Rache. Calliah dachte darüber nach, wie es dazu gekommen ist, dass aus ihr ein Hund wurde, der Rache sucht und wie verwirrend all das war, ein Teil einer Gottheit zu sein, die in ein Monster verwandelt worden ist, alles vereint in einem menschlichen Körper mit fünf anderen Hunden.

Und zu dieser Zeit begann Calliahs wunderschöne Seele, die in Skyllas hässlichem Körper versteckt war, sich zu entwickeln. Calliahs angeborene Hundeweisheit kam daher mit einer Lösung, die versprach, allen Frieden zu bringen, die durch die Straße von Messina fahren wollten, den Ort, an dem das Meer sich bewegt ‚between a rock and a hard place'.

Calliah musste in ihren Brüdern und Schwestern die Eigenschaften wiedererwecken, die ihrem Hundegenen angeboren waren – Vergebung und Nachsicht – und auch die fremde Eigenschaft, die Skylla ihnen beigebracht hatte – die Rache – wieder aufheben. Um das zu tun, erzählte Calliah ihren Hundegeschwistern über Hunde in aller Welt – wie sie ihre Herrchen lieben – von denen sie Nahrung und Schutz und Obdach bekamen. Calliah erzählte Geschichten, die ihrer Hundefamilie erklärten, wie verwirrt und dumm Menschen manchmal sein können, was dazu führt, dass sie sich Hunden und anderen gegenüber schlecht benehmen. Sie erzählte auch Geschichten über Götter und Göttinnen, die besonders gehässig untereinander sein konnten, aber auch zu Menschen und Tieren. Alle von Calliahs Geschichten halfen, ihre Brüder und

Schwestern daran zu erinnern, dass Hunde ein großes Herz haben und geboren sind, um zu lieben und zu dienen – nicht zu hassen und anzugreifen.

Da sie aus Calliahs Geschichten über die wahre Natur der Hunde erfuhren, machten sie untereinander aus, dass sie nicht mehr Teil von Skyllas Rache sein wollten.

Von dem Tag an widersetzten sie sich Skyllas Befehl, Seeleute zu töten und zu fressen, die sich auf ihre Seite der Meeresstraße verirrt hatten. Calliah warnte sie, dass ihre Entscheidung bei Skylla Rache gegen sie hervorrufen könnte. Aber Skylla richtete ihren Zorn nicht auf die Hunde. Statt dessen verwandelte sich Skylla, vielleicht ebenso müde von ihrem rachsüchtigen Verhalten wie die Hunde, von einem gemeinen Biest zurück in das ruhige, sanftmütige Mädchen, das sie einmal war. Skylla zeigte kein Interesse mehr an der See, den Schiffen und den Seeleuten, die durch die Straße von Messina fuhren. Ihre gesamte Energie richtete sich auf die Sorge um ihre Hunde. Sie sammelte nahrreiches Futter für Calliah und ihre Geschwister, pflegte ihr Fell und streichelte sie. Das Leben Skyllas und das der Hunde wurde friedlich und gut.

Calliah wäre völlig zufrieden gewesen, wenn ihr Leben für immer so geblieben wäre. Aber an einem Nachmittag fiel Skylla in einen tiefen Schlaf. Was immer die Hunde auch mit ihr anstellten, um sie aufzuwecken – das Gesicht abschlecken, in die Finger zwicken, bellen, anstupsen, zerren – ihr geliebtes Frauchen Skylla wachte nicht auf.

Nachdem sie einige Tage tief geschlummert hatte, verwandelte sich Skyllas Oberkörper in einen Stein. Und nachdem dies geschehen war, waren die Hunde erlöst und wurden in sechs wunderschöne Tiere umgewandelt.

Heutzutage schläft Skylla immer noch friedlich auf der Spitze des Felsens, beschützt von ihren sechs treuen Hunden. Seit Jahrtausenden können Seeleute ungehindert die Straße von Messina befahren – ‚between a rock and a hard place.‘ Calliah, ihrer Weisheit und ihrem Verstand sei Dank. So können die Seeleute wegen eines einfachen Hundes mit einem warmen Herzen sicher unterwegs sein, solange sie auf Skyllas Seite des Meeres und damit auch auf der Seite ihrer geliebten Hunde bleiben.

AUGUST
Trommeln für meinen „Oba"

EINE REISE INS YORUBALAND, ein kulturelles Teilgebiet im Südwesten Nigerias, öffnete meine Augen für eine völlig neue, fremdartige Zivilisation. Ich war besonders beeindruckt von der Musik und den Tänzen. In Begleitung eines einheimischen Übersetzers besuchte ich die diversen Schichten der Yoruba Gesellschaft und wurde allen vorgestellt, von Bettlern bis zu Obas (Königen). Meine Erfahrungen im Yorubaland haben mich äußerst bereichert.

Oshogbo, Nigeria

MEIN NAME IST ASHAKE

  AJA ASHAKE

  DES OBAS HUND

  DER IHN VOR UNHEIL BEWAHRT

  DER DEN BODEN MIT ODODO BLUMEN BEDECKT

  DES OBAS HUND

Ich lebe im Palast des Oba von Oshogbo. Mein Name Ashake bedeutet, *auserwählt und verwöhnt zu werden'*. Ich wurde von dem Oba (König) auserwählt, weil ich genau denselben Schmiss im Gesicht habe, wie er, nämlich das Zeichen seines aristokratischen Stammes. Ich bin schön, so wunderschön wie die schönste Gazelle.

Ich bin im Stamm der Yoruba geboren, einem Stamm, der Tiere als seinesgleichen ehrt. Paradoxerweise glauben die Yoruba, dass wir Hunde erschaffen wurden, um zu dienen. Und das tun wir auch. Ich bin der Gefährte des Oba. Ich bin privilegiert, ebenso wie meine zwei Freunde, der Papagei, namens Aduke, dessen Name bedeutet ‚*Leute werden um das Privileg kämpfen, ihn zu verwöhnen*‘; und der Geier Akanni, dessen Name ‚*erstes männliches Kind*‘ bedeutet. Sie mögen bemerkt haben, dass meine Leute, die Yoruba, nicht sehr einfallsreich sind. Mein Name und die Namen meiner beiden Freunde beginnen mit dem Buchstaben A. Der Papagei Aduke, der Geier Akanni und ich, Ashake, das Trio des Palastes, werden mit großem Respekt behandelt. Wir teilen nicht nur Vergnügen und Freude mit dem Oba, sondern auch den Schmerz und das Elend, die er, sogar als König oder weil er König ist, gelegentlich durchmacht. Wir beschützen ihn, sorgen für seine Unterhaltung und sein Wohlbefinden.

Unser Leben im Palast war jahrelang heiter und gelassen. Ich weiß, dass es mehrere Jahre waren, weil die Frauen des Obas ihm viele Kinder geschenkt haben. Ich sah die Kinder des Obas von hübschen Kleinkindern zu wohlerzogenen Jungen und Mädchen heranwachsen. Zuerst krabbelten sie auf mir, zwickten mich und benutzten mich für ihre ersten Gehversuche. Später zeigten sie mir die Ehrerbietung, die ich als des Obas Aja verdiene. Ich besaß ein weiches Bett, bekam köstliches Futter und genoss die Zuneigung des Oba und seiner Familie.

Den Palast des Oba habe ich nie verlassen, außer für den jährlichen Besuch im August zum großen Oshogbo Festival. Auf dieses Ereignis habe ich mich das ganze Jahr gefreut. Es war eine Unterbrechung von der Abgeschiedenheit, in der wir im Palast alle lebten. Als das Fahrzeug des Oba über unebene Straßen zum Festival holperte, sah ich, dass Leute ganz anders lebten, als ich das im Palast gesehen und erlebt habe. An den Straßen standen in langer

Reihe Häuser, die aussahen, als könnten sie jederzeit einstürzen. Und was mich am meisten störte – und als Hund habe ich andere Kriterien als der Mensch – war der widerliche Gestank der riesigen Abfallhaufen, die überall entlang der Straßen und Häuser verstreut waren.

Von meinem Oba lernte ich, diese unangenehmen Anblicke und Gerüche zu übergehen. Statt dessen konzentrierte ich mich auf die wunderschönen Bäume und Sträucher, die farbenfrohen Gewänder und das geschäftige Treiben von anscheinend glücklichen, gesunden Menschen. Obwohl es beim Festival im August eine unermessliche Fülle von köstlichem Essen gab, freute ich mich jedes Jahr am meisten auf den stetigen Klang der Trommeln. Einmal im Jahr kam der berühmteste Trommler, ein Achtzigjähriger aus Erin, einem kleinen Ort außerhalb von Oshogbo, zum Palast, um für den Oba zu seinem Geburtstag ein Ständchen zu spielen. Für den Rest des Jahres war der Palast ziemlich ruhig.

Ich muss eine Wiedergeburt des Hundes der Yoruba Göttin für Musik sein, denn meine Liebe zur Musik, besonders für das Trommeln, ist außergewöhnlich. Ich fühle mich zu den Klängen der Ashiko, Djembe, Dundun und Bata-Trommeln äußerst hinge-zogen. Ich kenne und liebe sie alle. Die Trommeln berühren mich tief im Inneren, ich kann es nicht erklären. Ich fühle sogar, dass die ‚Sprechenden Trommeln‘ meinen Namen spielen, A-sh-a-ke. Ich wollte, ich könnte tanzen, aber für den Hund eines Oba gehört es sich nicht, zu tanzen. So tanze ich mit geschlossenen Augen. Oma bi bu, oma bi bu, oma bi bu oba, immer wieder.

Einmal besuchte der Oba einer anderen Provinz unseren Palast. Als dieser besuchende Oba mich sah, erzählte er meinem Oba von einer Veranstaltung, bei der Hunde verehrt werden. Diese jährliche Feier in einer kleinen Stadt ehrt die Hunde für ihren Beitrag zur Schöpfung. Ich hatte gehofft, dass dieser Oba erklärt hätte, was Schöpfung ist, aber mein Oba schien das schon zu wissen und so gab es kein weiteres Gespräch über Schöpfung. Aber als dann beide Obas ihr Gespräch fortsetzten, hörte ich etwas so Schockierendes, dass ich mich hinter der Tür versteckte. Der andere Oba erzählte meinem Oba, dass die Stadt, in der die jährliche Feier abgehalten wird, vielleicht die einzige Stadt in der ganzen Welt ist, wo es keine Hunde gibt! Der Ort erlaubt nicht, dass dort Hunde leben! Ich bin froh, dass mein Oba und seine Familie in Oshogbo leben.

Ich hörte viele interessante und manchmal überraschende Dinge in der näheren Umgebung des Palastes. Ein Besucher, nicht ein Oba, sondern ein Priester, kam einmal zum Palast und erklärte, dass er nach einem Tier suche, das für eine Gottheit geopfert werden solle. Er erzählte meinem Oba, dass es das Jahr sei, in dem ein Hund Ogun, dem Gott des Eisens, geopfert werden müsse. Ich weiß nicht, was „Opfer" bedeutet. Als ich das Gespräch zwischen meinem Oba und dem Priester hörte, fragte ich mich, ob ich geehrt und als Opfer ausgewählt werden sollte. Aber ich habe nicht gehört, dass mein Oba darauf einging – vielmehr wechselte er ängstlich das Thema und bat eines seiner Kinder, mich in den Hof mitzunehmen, um mit mir zu spielen, solange der Priester zu Besuch blieb.

Abgesehen von den zuvor erwähnten Besuchen hatte ich ein angenehmes Leben. Der Oba ging langsamer, schleppender. So wie ich auch. Ich hatte Mühe, meinen Kopf hoch zu halten, wie mein Oba auch. Schließlich kam die Zeit für meinen Oba, sich auf seine Reise ins Jenseits vorzubereiten. Ich lag neben seinem Bett und fragte mich, ob mein Oba genau wusste, wohin diese Reise ihn führen würde. Ich fragte mich auch, ob er mich auf diese Reise mitnehmen würde. Und würde ich den Weg kennen, wenn ich meinem Oba zeigen müsste, wohin er zu gehen hätte?

Heute atmet mein Oba nicht mehr. Aufwändige Bestattungsvorbereitungen wurden gemacht, bevor er starb, und nun dreht sich alles im Palast um die Bestattung. Ich beobachte alles genau. Der Oba liegt in einem Sarg, ganz friedlich und er sieht viel junger aus, als ich ihn seit vielen Jahren gesehen habe. Er sieht glücklich aus und ich denke, mein Oba muss sich auf die bevorstehende Reise freuen. Einige Tage lang bleiben die Kinder meines Oba, meine Freunde Aduke, der Papagei und Akanni, der Geier, und ich neben meinem Oba, während Tausende von Menschen an dem Sarg vorüberziehen. Die meisten der Leute weinen und alle sind betrübt.

Es ist an der Zeit, den Sarg des Oba zu schließen. Die Frauen und Kinder des Oba zogen sich in ihre Privaträume zurück. Ich fühle mich ungewöhnlich müde. Aufzustehen und nur einen einzigen Schritt zu machen, scheint zu beschwerlich für meinen alten Körper. Ich bleibe mit meinen Freunden Aduke und Akanni im Innenhof des Palastes. Die Welt um mich herum wird ganz dunkel. Es wird Nacht, dennoch erscheint eine goldene Kugel am Himmel. Ich höre den verlockenden Klang der Trommeln. Ich schaue mich nach Akanni und Aduke um, aber ich kann sie nicht länger neben mir sehen.

Der goldene Himmelskörper wird größer und größer, kommt näher und näher. Die Trommeln rufen mich und zeigen mir den

Weg. Und ich bin nicht allein. Mein Oba ist an meiner Seite. Wir sind beide freudig glückselig und die Straße vor uns ist mit Ododo Blumen übersäht. Zusammen, eingehüllt vom goldenen Licht und begleitet vom Rhythmus der Trommeln, beginnen wir unsere Reise in das unbekannte Jenseits.

SEPTEMBER
Die sieben Gebote der Hunde

WENN MAN SICH GEDANKEN über die Monatsnamen in unserem römischen Kalender macht und nachforscht, wird man eine Unstimmigkeit zwischen Monaten feststellen, die sich von einer Zahl ableiten und deren tatsächlichen Platz im Kalenderjahr. Die Monate, die nach einer römischen Gottheit oder einem Kaiser benannt sind oder nach einem offensichtlichen Attribut, das jahreszeitlich bedingt den Monat verkörpert, erklären sich von selbst. Aber die Monate – und davon gibt es vier, beginnend mit dem September – die in numerischer Ordnung im Kalender auftauchen, scheinen aus ihrer ursprünglichen Position gerutscht zu sein. September kommt vom Lateinischen *septem*, was sieben heißt. Jedoch ist der September der neunte Monat des Jahres. Oktober ist abgeleitet von *octo*, acht, aber ....nun gut, sogar Hunde verstehen, warum die Verwirrung und falsche Benennung des Kalenders ihr Herrchen stört.

In der folgenden Geschichte geht es darum, was Hunde stört – nämlich die schlechte Behandlung von Hunden durch den Menschen, gesellschaftlich, kulturell und wörtlich gesehen, die Hunde auf der ganzen Welt erfahren und ertragen müssen.

Weltweit

Menschen haben eine Erklärung für alles, obwohl ihre Erklärungen oft falsch sind. Wir Hunde sagen ihnen nicht, dass sie nicht recht haben, weil Menschen es nicht ertragen, von Hunden korrigiert zu werden. Aber, weil dies eine Geschichte ist, die einem Hund vorgelesen wird, will ich ganz aufrichtig sein.

Man sollte einmal darüber nachdenken, wie verworren Menschen während ihrer gesamten Entwicklung gehandelt haben, um ein glaubwürdiges System für gesellschaftliche, religiöse, wirtschaftliche oder verwaltende Zwecke aufzubauen, eben für alles. Sie beobachteten den Mond, die Sonne, die Jahreszeiten, die Gezeiten, sahen eine Verbindung und stellten einen sogenannten Kalender auf, d.h. Tage, Monate und Jahre. Es dauerte Hunderte von Jahren, bis verschiedene Kulturen sich auf einen Kalender einigen konnten, der alle ihre gemeinsamen Bedürfnisse befriedigte. Eben dieser Kalender wird heutzutage fast überall in der menschlichen Welt für alle bürgerlichen Zwecke benutzt.

Als die Menschen begannen, Namen für ihren Kalender festzusetzen, begann wirklicher Ärger und Verwirrung. Es war schwierig, es jedem recht zu machen. Es sieht heute jedoch danach aus, als hätten die Römer gewonnen. Das Gezanke und die Eifersucht verschiedener römischer Götter und Kaiser ist in den Namen unserer bestehenden Kalendermonate begründet. Der erste Monat (Januar) wird nach *Janus* benannt, dem römischen Gott der Türen und Tore (mit einem doppelseitigen Kopf, in unterschiedliche Richtungen schauend). *Februus* (Februar) war der etruskische Gott der Unterwelt und auch der Gott der Reinigung. *Mars* (März) war der römische Gott des Krieges. *Aprilis* (April) wurde nicht nach einem römischen Gott benannt, sondern wird vom lateinischen Verb aperire abgeleitet und ist der Monat, in dem die Knospen anfangen, sich zu öffnen. *Maius* (Mai) war die römische Göttin der Ehre und Verehrung. *Juno* (Juni) war die Beschützerin des römischen Staates und als Gattin von Jupiter die Königin der Götter. Juli wurde nach Julius Caesar benannt, der sowohl in diesem Monat geboren als auch ermordet wurde. August ehrt den ersten römischen Kaiser Augustus.

Jetzt kommen wir zu dem Monat, mit dem das wirkliche Problem beginnt: September. Können die Menschen nicht zählen? In all den vielen Sprachen, die vom Lateinischen Wort *septem* abgeleitet werden, bedeutet dies sieben. Aber September ist der neunte Monat im jetzigen Kalender. Und von hier setzt dich das Problem fort bis zum Ende des Jahres.

Natürlich haben wir, die Hunde, die richtige Erklärung. Hier folgt die Entwicklung im Überblick:

September wird so genannt, weil es der Monat ist, in dem der Welt die sieben Gebote für Hunde geschenkt wurden. Dschingis Canis, oberster Herrscher der gesamten Hundewelt, reiste allein in die Berge, wo er von einer höheren Gewalt die Gesetze entgegen nahm, die für das Zusammenleben von Mensch und Hund eingehalten werden sollen. Nach dem Empfangen der Offenbarung verkündete Dschingis Canis von der Spitze des Mount Psa die sieben Gebote für Hunde. Die mündlich von Hund zu Hund seit Generationen überlieferten Gebote werden hier in einer Art aufgezeichnet, die Menschen verstehen können. Obwohl sie in einer nummerierten Folge aufgeführt sind, wurden die sieben Gebote für Hunde dem Dschingis Canis auf dem Mount Psa nicht unbedingt in dieser Reihenfolge übermittelt:

I. Du sollst das Wort Hund nicht in einer beleidigenden, abfälligen oder anstößigen Weise benutzen.

II. Du sollst Hunde mit demselben – und vielleicht sogar größeren – Respekt behandeln, den du deinem Nachbarn entgegen bringst.

III. Du sollst uns Hunden die angeborene und genetisch diktierte Handlungsfreiheit anbieten.

IV. Du sollst Hunde bestätigen, beschäftigen, ausbilden und darin fördern, wofür wir gezüchtet und prädestiniert sind.

V. Du sollst Hunde nicht in irgendeiner Art züchten – oder in Aussehen und Form mit ihnen experimentieren – die die Integrität unseres ererbten Charakters und unserer eigentlichen Natur ändert, aufs Spiel setzt oder verringert.

VI. Du sollst niemals in irgendeiner Lebenslage Hunde als Nahrung benutzen.

VII. Du sollst Hunde wie Gleichgestellte behandeln, so wie wir es mit euch tun werden.

Die sieben Gebote für Hunde von Dschingis Canis wurden in der gesamten Hundewelt verbreitet und in der Zeit unserer Ahnen schienen keine weiteren Erklärungen erforderlich zu sein. Über die Jahrhunderte wurde es jedoch offensichtlich, dass nicht alle Menschen in gleicher Weise einfühlsam und verständnisvoll sind. Deshalb bieten wir hier weitere Erklärungen und Bemerkungen zu den sieben Geboten für Hunde wie folgt an:

Zu Gebot 1: Denken sie nur an den bei Menschen üblichen, aber abfälligen Gebrauch des Wortes „Hund". Menschen im englischen (erfreulicherweise nicht im deutschen) Sprachraum nennen viel zu häufig jemanden, den sie nicht achten, ,son of a bitch'! Es ist zu einem alltäglichen Kraftausdruck geworden, was für uns Hunde äußerst beleidigend ist. „Ehr' deine Mutter."

Wir können uns nicht vorstellen, woher die Ausdrücke „auf den Hund kommen" und „vor die Hunde gehen" stammen. Wir schlagen respektvoll vor, diese Begriffe aus eurem Vokabular zu streichen.

Warum fühlen Menschen sich „hundeelend" und „hundsmiserabel"? Wir fühlen uns in unserer Haut im Allgemeinen sehr wohl. Wenn wir uns einmal nicht wohlfühlen, so ist das meist die Schuld der Menschen, z.B. wenn sie uns verdorbenes Futter vorsetzen, wenn sie uns einen Tritt in die Rippen geben, wenn sie uns überanstrengen oder uns keine Nickerchen gönnen.

Und warum esst ihr gerne ‚hot dogs' und warum nennen die Amerikaner einen Dackel ‚hot dog'? Wir sehen hier absolut keinen Zusammenhang.

Es gäbe noch viele Beispiele, aber sie aufzuzählen ist einfach zu deprimierend.

Wir aus der Hundewelt tolerieren, dass Menschen uns Hundi, Kläffer oder Wauwau nennen. Aber wir lieben es noch viel mehr, wenn ihr uns schöne Namen gebt, die zu unserem Aussehen oder Wesen passen, wie z.B. Prinz, Prinzessin, Sirius, Laika, Bella, Schatz, Lauser, Caesar, Nora, Hexi, Nuschka, Cara, etc., sogar aristokratische Namen wie Arnika von dem Ammersfeld oder Asta von der Guglhöh. Die Liste begehrenswerter Namen ist endlos.

Zu Gebot 2: Idealerweise hätten wir alle gerne gute Nachbarn. Wir wissen, dass es leider nicht immer so ist. Aber wir bitten euch, dass ihr euren Hund so behandelt wie gute Nachbarn. Seid freundlich, hilfsbereit, einfühlsam, verantwortlich, geschickt, fürsorglich und respektvoll in Grenzen. Wir teilen uns denselben Raum und wissen, dass unsere Gewohnheiten euch etwas abverlangen und umgekehrt. Unser oberstes Ziel ist es, unseren Herrchen gefällig zu sein. Sogar die besten aller guten Nachbarn werden dich nicht so bedingungslos vierundzwanzig Stunden am Tag und sieben Tage in der Woche lieben, wie wir Hunde dies tun.

Zu Gebot 3: Evolutionäre Studien haben ergeben, dass Hunde vom Wolf abstammen. Wir mögen entfernte Verwandte der Wölfe sein und verstehen und besitzen gewiss ihr „Rudel-Verhalten", aber wir Hunde sind domestiziert und gezähmt, wie Menschen das nennen. Wir sind dazu geschaffen, mit den Menschen Seite an Seite zu leben, zusammen unter demselben Dach, wir beschützen, lieben sie. Jedoch gibt es auch Überbleibsel unserer wilden Seite. Wir haben Gene, die man beim Menschen nicht findet und das heißt, wir brauchen Freiheit, um diesen tief verwurzelten Wesenszügen folgen und sie verwirklichen zu können. Zum Beispiel: Binde uns niemals an einem Baum oder an einer Kette fest. Das blockiert unsere natürlichen Instinkte. Wir werden nervös, wir langweilen uns, wir können nicht vor einem Feind davonlaufen oder uns verteidigen. Sind wir angebunden oder eingesperrt, können wir uns keine Bewegung verschaffen oder soziale Kontakte aufnehmen. Wir würden langsam sterben.

Zu Gebot 4: Obwohl wir alle Mitglieder der Gattung Canis sind, haben wir uns zu vielen, unterschiedlichen Züchtungen mit Dutzenden, wenn nicht Hunderten von verschiedensten Besonderheiten und Merkmalen, verzweigt. Wir sind vielschichtig und schillernd in Persönlichkeit, Aussehen und Wesen. Während mein verweichlichter Freund, der Pudel, am liebsten herumtobt, spielt und sich herausputzt, muss mein Freund, der Beagle, jedem Geruch und jeder Spur bis zum Ursprung folgen. Cocker Spaniel sind höflich und freundlich, fast überschwänglich und die sanftmütigen Riesen, Bernhardiner genannt, sind bereit, bei jedem Wetter alles zu geben, um ein menschliches Leben zu retten. Mein Nachbar, der Border Collie, muss etwas oder jemanden hüten (gleich was, und wenn es andere Hunde sind), wogegen meine alte Freundin mit der schwarzgefleckten Zunge, ein Chow-chow, als Kaiserin des Hauses sich einzig und allein auf die Gesundheit und Sicherheit ihres Herrchens konzentriert.

Dies ist nur eine Handvoll aus Hunderten von Besonderheiten und Züchtungen, die Canis beinhaltet. Wir Hunde sind stolz auf unsere Verschiedenartigkeit und bitten die Menschen darum, für jede Rasse einzutreten und deren Bedürfnisse und Wünsche zu akzeptieren.

Zu Gebot 5: Falls die Menschen nicht wissen, was für dunkle und schreckliche Dinge aus unklugen Experimenten resultieren können, schlagen wir ihnen vor, das Buch „Herz eines Hundes" des zweibeinigen Autor Michail Bulgakow zu lesen. In dieser Geschichte verpflanzt ein fehlgeleiteter Wissenschaftler die Hoden und die Hypophyse eines Menschen in einen Hund. Die Integrität beider Gattungen ist somit auf's Spiel gesetzt. Statt etwas Besseres ins Leben zu rufen ist das Endergebnis dieses Versuchs ein Hund mit den schlechtesten Eigenschaften von Hund und Mensch. Wir empfehlen dringend, Hund Hund und Mensch Mensch bleiben zu lassen.

Zu Gebot 6: Überreste von Hundeknochen, die in ausgegrabenem, getrocknetem Kot im Südwesten von Texas gefunden wurden, machten deutlich, dass vor ca. 10 000 Jahren der beste Freund des Menschen ihn nicht nur begleitete und beschützte, sondern ihm gelegentlich auch als Nahrung diente! Wir Hunde runzeln angesichts dieses Brauches die Stirn und bitten die Menschen, solches Verhalten nicht zu tolerieren, auch nicht unter den Primitivsten ihrer Art in der modernen Welt. Das ist im wahrsten Sinne des Wortes unmenschlich.

Zu Gebot 7: Folgt der Mensch jedem dieser sechs zuvor beschriebenen Gebote, verpflichtet sich die Hundewelt zu bedingungsloser Liebe zum Menschen. Wir versprechen, euch mit unserem Leben zu schützen, Freude in euer Leben zu bringen und eure gesellschaftlichen Regeln zu befolgen (unter anderem, stubenrein zu werden), so gut wir können.

Wir Hunde leben am liebsten mit einem liebevollen Herrchen. Wir haben immer noch Gefallen an der Gesellschaft von Hunden, aber wir ziehen die Gesellschaft unserer heißgeliebten Menschen vor, und unser allergrößtes Glück besteht darin, ein Leben lang die Menschen zu lieben, die uns lieben.

OKTOBER
Sirius, der Stern der Hunde

ZIKADEN SIND FASZINIERENDE LEBEWESEN. Einige verbringen dreizehn bis siebzehn Jahre in der Erde, bis sie dann ausschlüpfen. Die meisten Leute schließen ihre Fenster, wenn die Zikaden bei Sonnenuntergang ihre Lieder anstimmen, für andere sind ihre Laute eine Art Meditation, gleichzeitig beruhigend und anregend. Das intensive Geräusch der Zikaden kann einen Lärmpegel erreichen, der beim Menschen permanenten Hörverlust verursachen könnte, wenn man ihm aus nächster Nähe für längere Zeit ausgesetzt wäre. Menschen würden natürlich von solch einem extremen Geräusch Abstand halten, bevor es bei ihnen einen permanenten Hörschaden hervorruft. Jedoch kann ein Hund, der an einem Baum angebunden ist, diesem leidenschaftlichen Gesang der Zikaden nicht ausweichen und muss ziemlich bald einen Hörverlust oder bleibende Gehörlosigkeit in Kauf nehmen. Das Cochlea-Implantat bietet für Menschen eine potentielle Hörhilfe und es wurde auch tauben Dalmatinern schon chirurgisch eingepflanzt. Die Kosten jedoch sind für die meisten Hundebesitzer unerschwinglich und da postoperatives Training erforderlich ist, ist diese Hörhilfe für Hunde praktisch unmöglich. Vielleicht werden Hunde mit ihrem Hörvermögen von für Menschen nicht vernehmbare Frequenzen eines Tages Wissenschaftlern bei ihrer Suche helfen, das Gehör der Tauben wieder instand zu setzen. Diese Geschichte handelt von gerade solch einem Wissenschaftler und einem Hund. Leider ist der tragische Teil der Geschichte wahr, das glückliche Ende jedoch ist erfunden. Hunde und ihre Liebhaber können sich vorstellen, dass der Tag kommen wird, an dem alle Hundegeschichten glücklich enden.

Abiquiu, Neu Mexiko

Ich bin ein Welpe, der niedlichste, kleine, reinrassige Coonhound, den man je gesehen hat. Die ganze Familie begrüßt mich in meinem neuen Zuhause. Vater, Mutter, Sohn und Tochter scheinen sehr glücklich zu sein, mich zum Welpen zu haben. Es wird gelacht, gestreichelt, geleckt, geküsst, herumgejagt und in der Hundesprache mit mir geredet. Ich werde ‚Puppy‘ genannt.

Am Morgen nach meiner freundlichen Begrüßung und der Einführung in das Haus meiner Familie finde ich mich im Freien mit einem neuen, steifen Halsband und an einer Leine an einen Wacholderstrauch angebunden. Gestern konnte ich herumstreunen und jeden Quadratzentimeter am Wohnsitz meiner neuen Familie beschnüffeln, aber seit heute ist mein Zuhause ein Verschlag im Freien. Ich habe zwar eine weiche Decke, aber außerhalb meines kleinen Verschlages kann ich nur auf staubiger, grasloser Erde sitzen und schlafen.

Wo sind die Kinder, wo sind mein Herrchen und Frauchen? Sie sind alle früh am Morgen weggegangen. Nachdem ich den langen Tag allein vor meinem Verschlag auf der Erde gesessen bin, kommen Kinder und Eltern in ihrem glänzenden Auto zurück. Ich wedle wie wild mit dem Schwanz, aber sie steigen nur aus dem Auto und verschwinden im Haus. Sie nehmen mich nicht zur Kenntnis, aber ich sage mir, sie kommen bestimmt gleich wieder und spielen mit mir. Außerdem bin ich sehr hungrig. Fressnapf und Wasserschüssel sind leer. Und bald geht die Sonne, die mich den ganzen Tag lang gewärmt hat, im Westen unter.

Ich sitze und warte. Ich bin so geduldig. Endlich, die Tür des Hauses geht auf. Ich stehe auf und wedle mit dem Schwanz. Was für eine Freude! Mein Frauchen nähert sich und füllt meine Fressschüssel. Sie gießt Wasser in die andere Schüssel. Mein Schwanz und mein strahlendes, glückliches Hundegesicht sagen ihr, wie sehr ich ihre Aufmerksamkeit schätze. Schnell streichelt sie mich und schon ist sie wieder weg. Sie verschwindet im Haus. Kein Spielen. Keine Ansprache. Kein Streicheln. Die Kinder kommen nicht einmal heraus.

Es ist meine erste Nacht allein im Dunkeln. Nur die Sterne leisten mir Gesellschaft. Ich habe die Hoffnung, dass die Familie am Morgen kommt und mit mir spielt.

Bei Sonnenaufgang verlässt die ganze Familie das Haus – aber sie kommen nicht zu mir. Sie steigen alle in ihr blitzendes Auto ein und fahren davon. Ich schaue mich um.

Nichts liegt da, womit ich spielen könnte. Mein einziger Freund ist die weiche Decke. Ich kaue an ihr herum, denn dies ist der einzige Weg, wie ich mit meinen spitzen Zähnen Zuneigung zeigen kann. Ich wandere um den Wacholderstrauch herum, der jetzt mein einziger Freund ist. Oh je, meine Leine wird kürzer und kürzer. Plötzlich kann ich keinen Schritt mehr machen. Ich kann meine Schüsseln nicht erreichen, meine Decke oder meinen Verschlag, meinen Platz, an dem ich sicher bin.

Ich warte. Sie werden kommen und mir helfen. Sie müssten doch wissen, dass ich kaum noch atmen kann. Es ist heiß, die Sonne steht hoch, die Leine ist so kurz. Ich kann nicht in den Schatten gehen. Ich bin durstig. Weiß die Familie nicht, dass ich nicht nur tatenlos herumliegen kann? Ich bin ein Welpe! Ich will etwas für und mit meiner Familie tun. Ich beschließe, zu bellen, damit meine Familie sich an mich erinnert. Ich habe eine laute Stimme. Alle Coonhounds können laut bellen; dafür sind wir bekannt. Wir haben ein besonderes Talent, dass keine andere Rasse hat und darauf bin ich stolz: Wir treiben Beute auf die Bäume. Wir sind Jagdhunde, aber nicht so wie all die anderen Jagdhunde. Zusätzlich zu unserem ausgeprägten Geruchssinn können wir Spuren aufnehmen, Tieren hinterherjagen und sie in die Enge treiben. Wir folgen einem Tier, das versucht, auf einen Baum zu flüchten Wir bellen und stellen so die Beute auf dem Baum, bis der Jäger eintrifft. Wir würden niemals unter dem falschen Baum bellen!

Aber mein Bellen ist erfolglos. Mir ist langweilig. Wie gedankenlos, mich allein zu lassen. Ich bin sehr nett zu Kindern. Ich bin anhänglich und könnte viel Liebe austeilen und Treue halten, wenn sie mich nur ließen. Sie sollten mit mir reden, mir ins Gesicht schauen. Ich kann zwar nicht sprechen, aber ich habe andere Kommunikationsfähigkeiten. An dieser kurzen Leine kann ich mich nicht einmal bewegen, um jemanden mitzuteilen, dass mir zu heiß ist und ich durstig und verzweifelt bin.

Irgendjemand muss mein Coonhoundbellen gehört haben. Die Nachbarin klettert über die Steinmauer und entwirrt meine Leine. Warum bin ich nicht von selber darauf gekommen? Alles, was ich hätte tun müssen, wäre gewesen, gegen den Uhrzeigersinn um den Wacholderstrauch zu gehen. Ich wedle mit dem Schwanz und lecke ihre Hand ab, bevor sie wieder geht. Sie lächelt und streichelt mich. Am liebsten wäre ich ihr Welpe.

Jeder Tag und jede Nacht sind gleich. Wie lange kann ich dieses langweilige Leben noch ertragen? Lass mich nachdenken, es muss einen Fluchtweg geben: unter der Mauer durchgraben, hinüberklettern? Es ist Sommer, Hundstage nennen es die Menschen, aber nachts kühlt es ab, beruhigend für einen Welpen, dem es zu warm ist. Als ich mich gerade zur Ruhe begeben will, wird die Stille unterbrochen. Man hört ein geschäftiges Knacken, ein Geknister im Boden neben meinem Freund, dem Wacholderstrauch. Endlich habe ich Gesellschaft!

Gesellschaft, ja. Aber kuschelige Gesellschaft? Nein. Unter dem Wacholderstrauch bahnen sich hässliche, braune Gebilde ihren Weg nach oben aus der Erde heraus. Diese Klumpen klettern auf die Wacholderzweige. Wenn sie einen hohen Ast erreicht haben, streifen sie ihre braune Haut ab. Bald starren mich Hunderte von wulstigen Augen an. Über ihrem dachähnlichen Körper befinden sich grünliche, glänzende, halb-durchsichtige Flügel, die jetzt vibrieren. Eine geflügelte Brut ist das. Die Brut fliegt scheinbar ziellos in den Bäumen herum, endlich kommen sie zur Ruhe. Sie sind gar nicht so hässlich. Ich schlafe, bin froh darüber, neue Freunde zu haben.

Ich wache auf. Ich sehe die Brut nicht. Die restliche Nacht und den ganzen nächsten Tag ist es ruhig. Ich mache mir Sorgen. Haben sie mich verlassen, wie meine Familie auch? Die Sonne geht unter und plötzlich ist da ein Summen, das sich – so könnte man sagen – zu einem Lied entwickelt. Das Lied ist nicht wirklich schön oder beruhigend. Es nimmt an Lautstärke zu, mir klingen die Ohren und sie tun weh.

„Bitte hört auf," bell ich, „ihr tut mir weh." Warum tun sie mir weh, wenn sie meine Freunde sind?

Das schmerzhafte Lied ist unbarmherzig und setzt sich fort, bis die Nacht hereinbricht. Erleichterung. Das Lied, das mehr Lärm ist als Lied, verstummt.

Das Benehmen dieser Brut wiederholt sich einen ganzen Monat lang. Wann zirpen die Zikaden? Dämmerung, nachts, auch tagsüber (siehe dazu auch die Einleitung der Geschichte). Zum Glück singt diese Brut ihren Lärm jeden Abend nur für einige Stunden. Ich bell zum Strauch hinauf, aber diese Kreaturen sind nicht beeindruckt, eingeschüchtert oder verärgert durch mein

Coonhoundbellen. Alles Verbellen nützt nicht. Der Lärm dauert an. Genauer betrachtet fällt mir auf, dass nicht alle dieser Wesen Lärm machen, einige sitzen nur bewegungslos da.

Was anfangs eine völlig untragbare Belästigung durch eine im Wacholderstrauch lebende Brut war, störte immer weniger. Schließlich hörte ihr Gesang ganz auf. Ich bin verblüfft. Die Körper dieser Lebewesen vibrieren immer noch, aber ich höre nichts. Und dann sind sie über Nacht völlig vom Wacholderstrauch verschwunden.

Die Welt ist noch ruhiger geworden als vorher. Ich stelle auch fest, dass die Vögel, die in der Krone des Wacholderstrauches sitzen oder an meiner Hütte vorbeifliegen, nicht mehr zwitschern oder zirpen. Die Lippen meines Frauchens bewegen sich, wenn sie mich füttert, aber ich höre sie nicht. So wird ihr Gesicht zur Grimasse. Sie schaut finster drein, als sie aus einer Tüte Trockenfutter in meine Schüssel schüttet. Sie spricht und schaut gereizt, als sie weggeht.

An mein Alleinsein habe ich mich gewöhnt. Aber nachdem die Brut weg ist, die Vögel aufgehört haben zu singen und mein Frauchen Wörter spricht, die ich nicht hören kann, ist das Alleinsein zur Einsamkeit geworden. Warum ist alles so still geworden? Sogar das Rascheln meiner Wacholderzweige hat aufgehört. Ich bin zwar erst ein Welpe, aber ich habe begriffen, dass Menschen die ersten sind, die dich verlassen, gefolgt von Natur.

Wenn ich doch nur meine Decke hätte - ich habe sie vor langer Zeit zerbissen. Ich schlafe auf dem staubigen Boden ein und wünsche mir, ich würde nie wieder aufwachen.

Im Spätsommer ereignete sich etwas Unvorhergesehenes: Die freundliche Nachbarin, die oft herüberkommt, um meine Leine vom Wacholderstrauch abzuwickeln, bringt einen Freund mit. Ihr

Freund ist sehr an mir interessiert und gibt mir ein Leckerli. Er spricht mit mir—ich kann sehen, dass sich seine Lippen bewegen— und er schaut in meine Ohren. Mein Frauchen kommt aus dem Haus und spricht mit der Nachbarin und ihrem Freund. Und jetzt passiert etwas sehr Überraschendes. Mein Frauchen klinkt meine Leine aus ihrer Befestigung am Holzpflock und überreicht sie dem Mann, der mir vorher die Ohren gerieben hat.

Mein Frauchen dreht sich dann um und kehrt in Haus zurück. Der Mann und die Nachbarin führen mich von meinem Verschlag beim Wacholderstrauch weg, hinaus auf die ungepflasterte Straße. Als wir ein parkendes Auto, das im Schatten neben dem Haus der Nachbarin steht, erreichen, löst der Mann die Leine, öffnet die Autotür und fordert mich auf, auf den Rücksitz zu klettern. Ich habe keine Angst, denn dieser Mann ist so sanftmütig, und die freundliche Nachbarin lächelt. Ich vertraue diesen Menschen. Der Mann steigt ein, winkt der Nachbarin zum Abschied und wir fahren weg vom sandigen Hof, dem hölzernen Verschlag und dem Wacholderstrauch, der mein ganzes Leben lang mein Zuhause gewesen ist.

Ich bin aufgeregt, aber nicht traurig, weil ich hier weggehe. Ich sehe neue Häuser, breite Straßen und sehr große Bäume. Diese Bäume sind viel größer als mein Wacholderstrauch. Viele Häuser stehen dicht beieinander, manche sind einige Stockwerke hoch. Es gibt nur wenige Höfe, und alle haben dichtes, grünes Gras. Ich verreise und mir gefällt es.

Wir halten vor einem großen Tor, das sich nur für uns öffnet. Wir fahren auf eine Anhöhe und am Ende steht ein wunderschönes Haus mit großen Fenstern. Ich nehme an, dass dieser Mann mich wahrscheinlich herausheben und absetzen wird, mich anbindet und allein lassen wird. Wenigstens ist dort Gras. Statt dessen hebt er mich auf, nimmt mich vom Autositz und setzt mich auf den Boden der Einfahrt. Ich folge ihm ins Haus. So etwas habe ich noch nie erlebt. Ein Raum nach dem anderen. Weicher Boden. Sonne und Schatten, beides. Ich habe etwas Angst, aber dieser neue Mann ist sehr sanft. Wir folgen einem wundervollen Geruch in einen Raum, und der Mann, von dem ich hoffe, dass er mein neues Herrchen ist, beugt sich zu mir und stellt mir eine Schüssel hin voll mit herrlichstem Fressen. So etwas habe ich noch nie gekostet. Dann werde ich zu einem weichen Bett geführt, weicher als in meinen kühnsten Träumen. Ich schlafe ein. Vielleicht ist das nur ein Traum? Vielleicht wache ich auf und bin wieder in meinem Verschlag. Aber nein, ich bin immer noch in meinem weichen, warmen Bett. Ich habe mir dieses Leben verdient. Ich bin ein guter Welpe.

Eines Tages hebt mich mein Herrchen—ja! Er ist mein neues Herrchen geworden—auf und führt mich zum Auto. Ich verreise wieder. Wir halten bei einem großen Haus, noch größer als das meines Herrchens, und im Inneren fragt die Person am Empfang, ein nettes, junges Mädchen, nach meinem Namen. Ich heiße nicht mehr ‚Puppy‘. Ich sehe, wie sich die Lippen meines Herrchens bewegen und er sagt; „Sein Name ist Sirius."

„Wie schön", sagt das Mädchen, „das ist doch der Stern der Hunde".

Ich bin ein Stern! Ich bin berühmt! Ich werde in einen kleineren Raum geführt. Ich habe schon ein wenig Angst, besonders als ein Mann in einem weißen Mantel hereinkommt. Er ist ein Tierarzt. Ich war vorher noch nie beim Tierarzt. Aber auch er ist nett und streichelt mich. Er schaut mir ins Maul, in die Ohren und massiert meinen ganzen Körper. Ein kaltes Gerät wird an die Unterseite meines Körpers geschoben. Ich habe ziemliche Angst und mein Herz klopft wild. Aber der Mann ist ruhig und nett und mein Herrchen steht direkt neben mir. Ich sehe, dass der Tierarzt Röhrchen füllt und mich zweimal in den Rücken sticht. Es tut nicht richtig weh, aber es fühlt sich auch nicht gerade gut an. Zweimal ist genug. Mein Herrchen und der Mann im weißen Mantel bewegen die Lippen, aber sie reden nicht so laut, dass ich verstehen konnte, was sie sagen. Es ist in Ordnung; ich fühle mich geborgen. Ich mag ihren Körpergeruch.

Ich kehre ins Auto zurück und fahre nach Hause. Aber nein, wir fahren woanders hin, nicht nach Hause. Herrchen parkt das Auto vor einem noch größeren Gebäude, wir gehen hinein. Noch mehr Leute in weißen Kitteln reden mit meinem Herrchen und schauen mich an. Was wollen sie? Sie bringen an meinem Körper Drähte an, besonders in der Nähe meiner Ohren. Ich lasse sie, denn sie sind nett, sie streicheln mich und mein Herrchen ist bei mir. Plötzlich höre ich aus allen Richtungen Geräusche, schrille Laute. Mein Schwanz bewegt sich lebhaft. Ich bin aufgeregt und glücklich! Noch mehr Geräusche, noch mehr Schwanzwedeln. Mein Herrchen und die Leute in den weißen Kitteln klatschen und tanzen um mich herum. Sie entfernen die Drähte und alles um mich herum wird wieder still.

Ich habe ein schönes Leben. Gutes Fressen, viel Liebe und endlose Aufmerksamkeit. Mein Herrchen ist während des Tages nicht zu Hause, aber er gleicht seine Abwesenheit mit Zuwendung und gemeinsamen Spaziergängen aus. Ich schlafe im selben Raum wie mein Herrchen, deshalb bin ich nie allein und muss mich im Dunkeln nicht fürchten. Ich weiß nicht, was er macht, wenn er nicht da ist, aber mein Herrchen hat viele Freunde, die uns besuchen und mir Aufmerksamkeit schenken. Sie sitzen abends um den Tisch herum und bewegen ihre Lippen. Ich weiß nicht, ob sie Geheimnisse haben, aber sie sprechen nicht so laut, dass ich etwas verstehen kann. Ich sehe, dass ihre Lippen meinen Namen formen— Sirius. Ich komme mir dann sehr wichtig vor.

Eines Tages führt mein Herrchen mich wieder in dasselbe große Gebäude, in dem wir schon einmal waren. Wieder versammeln sich die vielen Menschen in den weißen Mänteln um mich herum und es scheint so, als wäre ich das wichtigste Lebewesen in diesem Raum. Sie sind aufgeregt. Die Person, die der Wortführer ist, legt mir ein Halsband mit einer kleinen Box an. Oh nein, ich hoffe, sie wollen mich nicht wieder am Wacholderstrauch anbinden. Ich schaue zu meinem Herrchen auf. An seinen freundlichen Augen kann ich ablesen, dass alles in Ordnung ist.

Sie bringen mich in einen kleinen Raum und befestigen noch mehr Drähte an mir. Mein Herrchen beugt sich zu mir herunter und bewegt seine Lippen. Ich habe noch nie seine Stimme gehört, aber jetzt kann ich eine Stimme hören, sanft und angenehm, während er seine Lippen bewegt: „Sirius, kannst du mich hören?"

Was ist das? Ich bin erschrocken, aber bei diesem Laut erinnere ich mich an etwas, was ich als Welpe mitbekommen habe: Die menschliche Stimme! Ich wedle mit dem Schwanz und springe vom Stuhl herunter an meinem Herrchen hoch. Er lacht und drückt mich, als ich sein Gesicht schlecke. Die Tür des kleinen Raumes geht auf und andere Leute strömen herein, klatschen und tanzen. Freuen sie sich wegen mir? Ja, auch ich bin glücklich, denn ich kann wieder hören—dank der kleinen Schachtel an meinem Halsband.

In den nächsten Tagen entnehme ich aus Gesprächen, dass mein Herrchen ein berühmter Wissenschaftler ist. Er hat ein Kästchen entwickelt, das die Frequenz der menschlichen Sprache in Ultraschall-Frequenzen umformt, die ich noch hören kann. Ich erfahre, dass das laute, ohrenbetäubende Geräusch der geflügelten Brut, meinen Hörverlust für die Bandbreite, in der Menschen sich normalerweise unterhalten, ausgelöst hat. Ich erfahre, wenn ich meinem Herrchen zuhöre, dass die Zikaden keine bösen Lebewesen sind; die Menschen, die mich gedankenlos an den Wacholderstrauch angebunden haben, waren böse, obwohl mein Herrchen sagt, sie waren nicht wirklich böse, sie waren einfach unwissend und desinteressiert.

„Wau!" sage ich. Ich bin etwas Besonderes! Wie alle Hunde kann ich Frequenzen hören, die Menschen nicht hören und Zikaden nicht erzeugen können. Der Apparat meines Herrchens—die Box, welche ich am Halsband trage—soll patentiert werden und wird vielen anderen Tieren helfen.

Mein Herrchen bereitet eine Reise vor. Ein offener Koffer steht herum und Kleidungsstücke und andere Gegenstände sind über das ganze Haus verteilt. Da steht auch noch eine zusätzliche Tasche auf Rädern mit Löchern an den Seiten.

„Sirius," sagt mein Herrchen, als er packt, "wir verreisen."

Ich bin vorher schon verreist, aber dieses mal ist es anders. Wir fahren zum Flughafen, wo ich in eine Reisetasche gequetscht werde— die Tasche auf Rädern. In meiner Reisetasche unter einem Sitz neben meinem Herrchen bin ich in einem seltsamen Raum mit vielen kleinen Fenstern und vielen Leuten dicht bei einander. Da ist ein lautes, beängstigendes Geräusch und schon bewegen wir uns, wir fliegen. Mein Herrchen tröstet und beruhigt mich, während wir unterwegs sind. Ich bin ganz ruhig und verursache meinem Herrchen keine Probleme. Schließlich schlafe ich ein. Als ich aufwache, befinden wir uns an einem Ort, der ganz anders aussieht, als alle Orte, die ich kennen gelernt habe. Ich höre Leute sprechen, kann aber kein Wort davon verstehen, obwohl ich die Stimmen höre.

Die Leute behandeln uns mit großem Respekt. Wir mieten uns in einem Hotel ein, in dem ich ein besonderes Bett habe, glänzende Futterschüsseln und einen wunderbaren Blick auf die Stadt. Am nächsten Tag werden wir von einem großen Auto abgeholt, einer Limousine, wir werden zu einem Gebäude gebracht, das mein Herrchen Schloss nennt, wo sich in den Gängen entlang der Wände Fenster und Spiegel befinden. Der Rest des Raumes funkelt golden und silbern.

Ich bin der einzige Hund hier. Ich genieße die Aufmerksamkeit. Mein Herrchen trägt einen ungewöhnlichen Anzug. Er hat einen Gangplatz in der ersten Reihe des Auditoriums. Ich sitze neben ihm. Wir warten. Es werden viele Reden gehalten. Ich verstehe keine davon, obwohl ich sie alle hören kann. Dann verstehe ich den Familiennamen meines Herrchens. Ich habe ihn vor langer Zeit erfahren, es ist auch mein Familienname. Er steht auf und sagt mir, ich solle ihm folgen. Wir steigen die Stufen zur Bühne hinauf und werden von einem nobel aussehenden Herrn, einem König begrüßt.

Ich höre „und der Nobelpreis für Medizin geht an..." Der Mann sagt den Namen meines Herrchens. Man hört tosenden

Beifall, Standing Ovations, Blitzlichtgewitter. Ich schaue liebevoll und stolz mein Herrchen an. Und so schaut auch er auf mich herunter!

Dann Hotel, Flugzeug und wir sind wieder zurück zu Hause, Gott sei Dank. Diese Reise hat mich viel Energie gekostet. Schlafen, schlafen und dann geht das Leben wie gewohnt weiter. Ich habe das Gefühl, dass ich etwas ganz Besonderes erlebt und eine besondere Rolle gespielt habe.

Ich bin stolz auf mein Herrchen und stolz auf mich, aber ich bin auch traurig. Jeden Tag frage ich mich: Verdiene ich es, so glücklich zu sein? Was kann ich tun, um das Schicksal aller Hunde zu verbessern, die, wie ich, angebunden an einen Wacholderstrauch in einem Hinterhof aufwachsen müssen, einsam, gelangweilt, vernachlässigt, hungrig, durstig und schmutzig? Wird jemand kommen und sie befreien? Was ist mit ihren Ohren? Ich wollte, ich hätte eine Antwort darauf. Ich werde mich weiter umhören und wenn ich die Antwort finde, werde ich sie an andere Hunde weiterleiten mit meinem lauten Coonhoundgebell.

NOVEMBER
Der Truthahn von Port-au-Prince

ALS ICH AM ERSTEN MORGEN nach meiner Ankunft in Port-au-Prince vom Hotel aufbrach, wurde ich von einem jungen Mann verfolgt. Er war ungefähr dreizehn Jahre alt, deutete auf sich und sagte „Führer". Ich dankte ihm für sein Angebot und ging weiter. Trotz meines Desinteresses folgte er mir über den Markt wie mein Schatten. Ich schaute mir Kunst an, insbesondere Gemälde (Haiti ist berühmt für ‚Primitive Kunst'). Ich ging zu vielen Ständen und in viele Geschäfte. Auf dem Markt fand ich nichts, wonach ich suchte und betrat schließlich eine elegante, teuer-aussehende Galerie. Sofort fand ich einige Gemälde, die mir gefielen. Als ich die Galerie verließ, wurde ich von meinem Schatten begrüßt. Ich beschloss, ihn nach seinem Namen zu fragen.

„Jean," antwortete er, „ich Künstler, haben Lehrer, bringen zu Lehrer. Lehrer verkaufen Bild in Galerie." Er zeigte auf die Galerie, die ich soeben verlassen hatte. „Verkaufen billiger."

Ich folgte Jean zu einer ungeteerten Straße und dann einen Hügel hinauf, weit entfernt von „zivilisierten" Touristenpfaden der Stadt. Dort gab es keine Vegetation mehr. Hühner kreuzten die Straße von rechts nach links und von links nach rechts, ziellos, gackernd und pickend. Hunde schliefen zusammengerollt oder streunten schnüffelnd herum auf der Suche nach Futter. Menschen starrten mich an. Schließlich erreichten wir eine strohbedeckte Hütte mit Fenstern ohne Scheiben. Sie sah so aus wie alle anderen Hütten auf dieser Seite des Hügels. Also, nichts Besonderes.

„Lehrer hier wohnen", sagte Jean.

Etwas skeptisch sagte ich: „Die Bilder deines Lehrers werden in der Galerie für viel Geld verkauft. Warum lebt er hier in einer Bretterbude, wenn er sich ein Haus leisten kann – eine Villa – auf der anderen Seite des Hügels?"

Dieser dreizehnjährige Junge erteilte mir eine wertvolle Lektion, die man in einem beliebten Sprichwort zusammenfassen könnte: „Lieber König unter den Bettlern sein als Bettler unter den Königen."

Jeden Morgen hat der Hahn die Dreistigkeit zu krähen und den Schlaf des Hofhundes zu stören. Während des Tages stolziert der Hahn arrogant mit erhobener Brust auf dem Hof herum und nennt den Hund respektlos „RM". Der Hund denkt, „RM" kann nur für „Räudiger Mischling" stehen und wehrt sich indem er den Hahn „AH" nennt, was „aufgeblasener Hahn" bedeutet. Es ist fraglich, ob der Hahn seinen Namen versteht, da arrogante, hochmütige Hähne keine Zeit zum Denken haben im Vergleich zu Hunden, sogar im Vergleich zu räudigen Mischlingen.

Nachdem er einige Tage über die Situation mit dem arroganten Hahn nachgedacht hatte, beschließt RM, dass es an der Zeit ist, diesem störenden Exhibitionisten das Handwerk zu legen. Der Hund beschließt, AH einzureden, dass, weil dieser ein äußerst eleganter Hahn ist und sich so vornehm verhält, dass es sehr gut möglich ist, dass ihn sein Herr an einem Hahnenkampf teilnehmen lässt.

Der Hund suchte AH auf und erklärte ihm, dass sein Herr das wirklich mit ihm vorhat. AH fühlte sich natürlich geschmeichelt und war aufgeregt. Aber dann fuhr RM fort zu erklären:

„Wenn du an einem Hahnenkampf teilnimmst, AH, ist das Beste, was dir passieren kann, dass du stirbst."

AH hört auf zu stolzieren und schaut RM erstaunt an. RM fährt fort:

„Wenn du Pech hast, bleibst du am Leben, aber du wirst deine Schönheit verlieren."

Der Hund konnte sehen, das AH ernsthaft besorgt war, zumindest so besorgt, wie es Zeit und Intelligenz eines Hahnes zulassen. Der Hund bot AH eine Lösung an.

„Ändere dein Aussehen und gib vor, ein Truthahn zu sein. Das ist einfach. Alles, was du brauchst, sind dunkle Federn, einen roten Hautlappen quer über dem Schnabel und einen Kehllappen. Am allerwichtigsten ist es das Kollern zu üben. Vergiss nicht, dass du ein männlicher Truthahn bist."

Dem Hahn gefiel die Idee des Hundes und noch am selben Tag befolgte er RMs Anweisungen, um das Aussehen eines Truthahns anzunehmen. Es war leicht, auf der Farm Federn von verschiedenen Hühnern zu finden. Aber der Hahn war mit diesen nicht zufrieden und begann, den Hennen Federn auszurupfen. Sie versuchten, gackernd zu entkommen, indem sie in verschiedene Richtungen rannten, aber AH verfolgte sie unbeirrt, bis sie vor Erschöpfung umfielen. Er zupfte ihnen die Federn aus und stopfte sie sich selbst in die Haut. Die Schmerzen dieses Ausrupfens und Hineinsteckens wurden von der Aufregung und dem Stolz überschattet, den er empfand, als er begann, einem prachtvollen Truthahn zu gleichen.

Was AH noch brauchte, war der Hautlappen, den Truthähne stolz tragen und AH erinnerte sich, dass er etwas Ähnliches im Schlachthaus, das an die Farm angrenzt, gesehen hatte. Nachdem er einem toten Hahn die Federn aus Hals und Kopf gerupft hatte, blieben noch die zwei Anhängsel, die von Federkielen getragen wurden und AH glaubte hiermit ein perfekter Truthahn zu sein. Aber er wusste nicht, dass er damit keine Weibchen beeindrucken konnte, denn er konnte weder wie ein richtiger Truthahn den fächerartigen Schwanz benutzen, noch die Farbe der Hautlappen ändern. Was er gut konnte war herumstolzieren und sein wildes Kollern konnte man auf der ganzen Farm hören.

Die Verwandlung war abgeschlossen. Der Hund bemerkte, dass AH sich sehr wohl in seiner neuen Haut fühlte. Er stand da wie ein stattlicher Truthahn und der Hund suggerierte AH seinen neuen Look den Leuten auf der anderen Seite der Stadt zu präsentieren.

„Dieser Teil von Port-au-Prince wird ‚Villa City' genannt," erzählte der Hund dem Hahn, der nun wie ein Truthahn aussah.

AH nickte. „Ich war noch nie dort, aber ich habe gehört, dass es sehr nobel ist. Ich denke, ich werde gut dorthin passen."

Der Hund stellte fest, dass AH fest entschlossen war und erwiderte nichts.

„Bei Dunkelheit möchte ich zurück sein," sagte AH. „Ich möchte in meinem eigenen Stall schlafen, zumindest noch eine kleine Weile."

Der Hund schaute AH, dem Hahn-Truthahn nach, der die Farm hinter sich ließ und den Hügel hinunterwatschelte.

Die Wohngegend ändert sich Schritt für Schritt, von Hängen mit heruntergekommenen Bretterbuden und schmutzigen Hinterhöfen in eine sauberere, gepflasterte Gegend mit großen, weißen Häusern und üppigen Gärten. AH spähte durch die Zäune in diese tropischen Gärten, in denen sich teilweise sagenhafte Herrenhäuser befanden. Diese Welt war vollkommen anders als der Hof zu Hause. AH blies sich sogar noch mehr auf, sodass jeder in dieser extravaganten Wohngegend sehen konnte, was er für ein schöner Vogel war.

AH kam an einem Haus mit einer großen rot-weiß-blauen Fahne vorbei, die mit vielen Sternen versehen war. Er hielt an, um die Flagge zu bewundern und um von den Bewohnern bewundert zu werden. Plötzlich fühlte AH starke Hände die seinen Körper umklammerten. Als er hochgehoben wurde, dachte er: „Wusste ich es doch, dass ich hier anerkannt würde. Jetzt, wo ich anders aussehe, mag mich jeder."

AH wurde ins Haus getragen, in einen großen Raum mit großen Töpfen, die über dem Feuer dampften. Die Menschen in diesem Haus waren sehr geschäftig und freuten sich über diesen ‚Fang'. AH plusterte sich kurz auf und genoss die Aufmerksamkeit, bis ein stechender Schmerz seinen Nacken traf. Alles wurde schwarz um ihn.

Am folgenden Tag wachte RM spät auf, lange nach Sonnenaufgang, nachdem die anderen Tiere der Farm schon gefüttert worden waren. Der Hund streckte sich und gähnte und stellte schließlich fest, dass irgendetwas anders war. Er ist nicht durch AHs lautes Krähen geweckt worden!

„Ich hoffe, dem Hahn-Truthahn ist kein Unglück passiert," dachte RM „Das wäre meine Schuld."

RM konnte es sich nur schwer eingestehen, aber er vermisste den arroganten Hahn. Nach dem Frühstück setzte sich der Hund unter einen Baum und ließ seinen Blick den Hügel hinunter schweifen, an den allbekannten Hütten vorbei. AH war nirgends zu sehen. RM beschloss, sich auf die Suche zu machen.

Der Hund stieg den Hügel hinab. Als er am Fuß des Hügels die geteerte Straße erreichte, gab es keine Hühner, keine streunenden Hunde und keine Hütten mehr. RM fühlte sich nicht ganz wohl. Er gehörte nicht hierher, aber er ging weiter. Er musste AH finden. Er nahm seinen Geruch auf und folgte ihm, bis er zu dem herrschaftlichen Haus mit der rot-weiß-blauen Fahne kam, die vom Mast wehte. Hier verlor er die Fährte. Er hielt an. Durch den Zaun entdeckte er eine Familie, die um einen Tisch herum saß und ein großes Festessen im Garten genoss. Ein herrlicher Duft wehte vom Tisch herüber, auf dem das Essen aufgetürmt war. RM schnupperte. Es war ein köstlicher Geruch, aber er fühlte sich unbehaglich.

Die Leute am Tisch redeten miteinander. RM, der alles verstand, was die Menschen sprachen, setzt sich und hörte zu.

„Wir sind weit weg von unserer Heimat," sagte der Herr des Hauses, der aufstand und sein Glas erhob. „Aber Gott ist überall. Sogar auf dieser Insel. Er hat uns dieses Jahr mit einem Truthahn zu Thanksgiving gesegnet!"

RM konnte gut denken, aber ihm gefiel nicht, was er dachte. Er beschloss, weiterzugehen und seine Suche nach AH fortzusetzen.

DEZEMBER
Winterlicht

ICH KANN MICH NICHT ERINNERN, wo und wie ich Fumio, einen japanischen Künstler, getroffen habe. Vielleicht habe ich von ihm in der Praxis meinesTierarztes zum ersten Mal gesehen. Seine Geschichte berührte mich. Als Fumio sechsunddreißig war, benötigte sein Hund Akita eine teure Behandlung wegen eines Gehirntumors. Die Operation musste in den Vereinigten Staaten vorgenommen werden und deshalb plünderte Fumio seine Pensionskasse und brachte seinen kranken Hund und sein hart verdientes Geld nach Amerika. Leider blieb Fumios aufopfernde Bemühung, das Leben seines Hundes zu retten, erfolglos. Akita starb während des Eingriffs. Fumio blieb in den Vereinigten Statten und wir wurden Freunde. Ich nahm Anteil an seinem Schicksal. Fumio wuchs in Japan auf dem Land auf. Seine Eltern waren hartarbeitende Bauern – einfache, ehrbare Leute. Fumio hatte mehrere Geschwister, er war der Älteste. Die folgende Geschichte basiert auf dem, was Fumio mir erzählte.

Hiraizumi, Japan

Wieder ging ein Winter in der Stadt Hiraizumi vorüber. Hiraizumi war einmal ein politisches und kulturelles Zentrum in der Tohoku Provinz im Nordosten von Japan, aber heutzutage ist es eine kleine, ländliche Stadt, in der nur noch wenige der buddhistischen Klöster und Tempel vorhanden sind. Es ist März und die ersten gesunden, grünen Pflanzen sprießen auf den Feldern des Ortes und versprechen den Bauern ein gutes Jahr. Der Hund Kawa streut gewöhnlich planlos im Tal herum. Es ist Frühjahr, und im

Haus der Familie gibt es ein neugeborenes Kind. Wie schon sein Name beinhaltet, besitzt Kawa unbegrenzte Energie, denn pausenlos ist er in Bewegung wie der Fluss im Tal.

Kawa hat sein Leben lang mit der Familie auf dem Hof gelebt. Er hat die Ankunft vieler Babies gesehen. Frühling war immer die Zeit, in der die Familie draußen mit Kawa spielte, lachte und die Lasten des Winters abwarf. Aber in diesem Jahr brachten warmes Wetter und längere Tage die Familie nicht an die frische Luft. Das Baby wimmert und weint, es wird aber nicht getröstet. Kawa sitzt auf der Verandastufe, wartet und lauscht, aber bald wird sein Herz schwer.

Die ganze Familie ist in einer düsteren, traurigen Stimmung, weil das neue Baby wieder ein Mädchen ist, bereits das fünfte in der Familie. Sie brauchen dringend einen Jungen, der mithelfen und den Hof letzten Endes übernehmen soll.

Die Frühlingstage kommen und gehen und Kawa verbringt die meiste Zeit allein. Es ist nicht leicht, alleine Freude an dem frischen Grün und der warmen Brise zu haben, aber Kawa hält an seinen Gewohnheiten fest, frisst, schläft und stattet dem Tempel jeden Tag einen Besuch ab. Dort trifft er kurz seine Freunde und kehrt dann nach Hause zurück, wo er sich gewöhnlich auf die Stufe vor dem Eingang legt. Er wartet geduldig auf den Tag, an dem jemand aus der Familie herauskommt, um mit ihm zu spielen oder mit dem getreuen Hund Kawa einen Spaziergang zu machen.

Nachdem Kawa viele Tage gewartet hat, wird er belohnt. Die älteste Tochter, Junko, kommt heraus, begrüßt Kawa mit einer herzlichen Umarmung und folgt ihm dann auf seinem täglichen Weg zum Tempel. Kawa ist entzückt, dass Junko mit ihm geht; ihr

Name bedeutet reines, fügsames Kind und passt perfekt zu ihrem Charakter.

Als sie den Tempel erreichen streichelt Junko Kawas Kopf und geht dann durch das Tor in den Tempel hinein. Kawa setzt sich und beobachtet Junko, wie sie im Tempel verschwindet. Dort findet sie Hajime, einen jungen, buddhistischen Mönch, den Kawa oft auf seinen täglichen Spaziergängen trifft und spricht mit ihm. Junko erzählt Hajime von den Problemen der Familie. Leise weint sie, weil sie nur fünf Mädchen sind und kein Junge, kein Erbe, der auf dem Hof arbeiten und sich um alles kümmern könnte.

Kawa ist sehr traurig, ahnt etwas und würde gerne zu Junko gehen. Aber er ist ein kluger Hund und weiß, was sich gehört.

Hajime, der Mönch, ist zwar ein weiser, freundlicher, aber auch ein gerissener junger Mann. Er hat noch niemals eine Frau gehabt. Er hört sich Junkos Geschichte an und tröstet sie behutsam, als sie weint. Hajime verlässt sie dann und geht allein im Garten spazieren. Kawa sieht, dass Hajime intensiv über das nachdenkt, was er soeben gehört hat. Schließlich kehrt Hajime zum Tempel zurück und bittet Junko, ihm zu vertrauen.

Hajime erzählt Junko, dass er ihren Eltern ermöglichen kann, den heissersehnten Sohn zu bekommen. Junko hört auf zu weinen und lauscht. Hajime erklärt, dass es eine Bedingung gibt, wenn dieser Wunsch in Erfüllung gehen soll. Junko muss den Sohn bekommen und ein buddhistischer Mönch muss das Kind zeugen. Hajime bietet dann großzügig an, dass er dieser Mönch sein könne, der Vater des Kindes, das Junko zwar austragen wird, aber dass es so aussehen muss, als ob die Mutter das Kind geboren hätte.

Junko ist freudig erregt und gibt sich Hajime hin.

Kawa schläft in der Nähe des Tempeltores. Etwas später an diesem Tag kommt Junko wieder zurück, lächelnd und so glücklich, wie sie schon lange nicht mehr war. Junko und Kawa gehen in der warmen Frühlingssonne über die grünen Felder zurück nach Hause. Junko ist wieder zum Scherzen aufgelegt und Kawa tollt im Gras herum wie ein Welpe. Als sie wieder auf dem Hof ankommen und Junkos Mutter hört, wie der Tag ihrer Tochter im Tempel verlaufen ist, ist die Mutter ihrer Tochter sehr dankbar. Und auch dem Mönch Hajime. Kurz darauf fangen Mutter und Tochter an weite Gewänder und Babykleidung zu nähen und sie reden und lachen miteinander, wahrend Kawa zu ihren Füßen liegt. Im Sommer kommt es Kawa so vor, als ob beide, Mutter und Tochter vor Freude und Hoffnung zunehmen.

Es wird Herbst und eine gute Ernte wird eingefahren. Danach wird es langsam auf dem Hof Winter. Junko hat nun mehr Körperumfang als ihre Mutter, obwohl auch diese ziemlich rund geworden ist. Als der Frost kommt, bleibt die ganze Familie im Haus, außer um ihre täglichen Pflichten zu erfüllen. Die Tage sind kürzer, die Nächte lang und kalt. Kawa, welche ein dickes Fell hat und nie friert, hält sich normalerweise lieber draußen auf. Als die Tage am kürzesten und die Nächte am längsten und dunkelsten sind, sieht Kawa am dunklen Nachthimmel ein funkelndes Licht. Kawa hat solch ein glitzerndes Licht noch nie gesehen – und er ahnt, dass sich etwas ganz Besonderes ereignen wird, etwas Wunderbares.

Kawa fühlt, dass der Augenblick jetzt gekommen ist und beschließt eines Morgens, ins Haus zu gehen, nahe zu Junko und ihrer Mutter. Junko versteht, dass Kawa in dieser außergewöhnlichen Zeit auf sie aufpassen will.

Von seinem Platz neben Junkos Bett kann Kawa aus dem Fenster schauen und den hellen, neuen Stern am Nachthimmel funkeln sehen. Die Nacht draußen ist sehr lang und sehr kalt, aber die Dunkelheit ist durch den neuen Stern erhellt. Dasselbe passiert im Haus. Der Familie wird ein neues Baby geboren. Es ist ein gesunder Junge und seine Geburt bringt ein Leuchten in das Haus genauso, wie der neue Stern die Nacht erhellt. Junkos Vater wird herein gerufen und Kawa sieht etwas, was er lange Zeit schon nicht mehr gesehen hat -- ein breites Lächeln hellt das Gesicht des Vaters auf.

„Unser Retter ist geboren", sagt der Vater. Kawa beobachtet die Familie. Alle sind glücklich, strahlen, als wäre es der erste Frühlingstag. Der Dezember wird nie wieder dunkel sein.

Die Autorin

Isolde Kona-Dovale bewohnt ein Solar-Adobe Haus im *High Desert* im Norden von Neu Mexiko. Die gebürtige Oberammergauerin bereist mit ihrem treuen Dackel Arnica viele Teile der Welt. Die Autorin war als Professorin an der Washington University in St. Louis, Missouri tätig und publizierte wissenschaftliche Studien auf dem Gebiet der Ohrenheilkunde. Kona-Dovale ließ sich über Jahre hinweg im Turniertanzen ausbilden und gibt jetzt selbst im eigenen Tanzstudio in Neu Mexiko Tanzunterricht. Sie legt den Schwerpunkt auf den argentinischen Tango und reist deshalb jährlich nach Buenos Aires um dort mit den Meistern ihre Tanzkenntnisse aufzufrischen. *HÖR ZU ASTI: Zwölf Kurzgeschichten für ihren Hund* ist Kona-Dovales erste Prosaerzählung und ist das Lieblingsbuch ihres Hundes.

www.ingramcontent.com/pod-product-compliance
Lightning Source LLC
Chambersburg PA
CBHW031854170626
46807CB00004B/1728